剣士の薬膳

世嗣(よつぎ)暗殺

氷月　葵

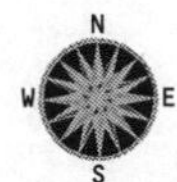

コスミック・時代文庫

この作品はコスミック文庫のために書下ろされました。
本作品はフィクションであり、史実と異なる脚色があることをお断りします。

目次

第一章　命の膳(ぜん)

一

上野(うえの)に近い御徒組屋敷(おかちぐみやしき)。

その一室で、「えっ」と、清河伊右衛門(きよかわいえもん)は低頭していた顔を少しだけ上げた。

対面している組頭(くみがしら)の笹田(ささだ)が、すっと目を逸(そ)らす。

「そなたが算を間違えたのだ。具足の数を多く数えて記してしまった、ということだ」

「いえ、そのようなことは」

身を起こした伊右衛門に、組頭は横顔を見せた。

「それに相違ない。認めよ」

あ、と伊右衛門は息を呑み込んだ。そういうことか、と浮かんだ言葉を腹の底に落とす。

組頭の笹田が、具足を納める商人と懇意にしているのは知っていた。そしてその商人と口裏を合わせ、数を多く偽って受け取った公金の一部をこっそりと懐に入れているらしい、という噂も耳にしたことがあった。

伊右衛門は拳を握った。わたしに濡れ衣を着せる気か……。

組頭は顔を戻して、伊右衛門を見据えた。

「まもなく勘定方の監察が入る。算の間違いにすれば、それですむのだ」

「なれど……」

伊右衛門は顔を上げた。喉が掠れる。相手は旗本であり、上役の組頭だ。それに比して、己はしがない御家人の徒士にすぎない。口応えをしたことは、これまでになかった。が、思い切って、口を開いた。

「そうなれば、わたしはお咎を受けることに……」

ふん、と組頭は顎を上げる。

「なに、算の間違いは悪事ではない、ただの失態だ。お役御免にはなるやもしれんが、小普請組に移るだけのこと。そのうちにまたお役に就ける機もあろう。それに禄は変わらずに受け取れるのだ。その暇に学問でもすればよい」

小普請組は、無役となった役人が回される組織だ。

機を得てなにかの役に就けることもあるが、そのまま無役で終わる者も珍しくない。

しかし、と伊右衛門は声にならないつぶやきを漏らす。

と、組頭はその顔を覗（のぞ）き込んだ。

「そのほう、子はあるか」

「はい」伊右衛門は上目で見返す。

「娘が一人、息子が二人おります」

「ほう、年はいくつか」

「娘の妙（たえ）が十八、長男の涼介（りょうすけ）が十五で次男の栄介（えいすけ）は十一で……」

そうか、と組頭は膝を叩いた。

「なれば、娘によい縁を授けよう。御家人には得られぬほどの縁をな」

そう言うと、組頭は立ち上がった。

「話はすんだ。わかったな」

言いながら、部屋を出て行く。

伊右衛門は、遠ざかって行く足音を聞きながら、両の拳を強く握りしめた。

十年後。

日本橋本町(にほんばしほんちょう)に並ぶ薬種問屋(やくしゅどんや)の前を、清河涼安(りょうあん)は歩いていた。

江戸城のお膝元である日本橋に薬種問屋が集まっているのは、徳川家康(とくがわいえやす)が薬を重んじて土地を与えたためだ。

涼安はそのうちの一軒に入った。

「これは涼安先生、いらっしゃいませ」

座敷の若い手代がすぐに立ち上がって端に寄って来た。

「いや」と涼安は苦笑を浮かべて頭に手を当てた。

「先生はよしてくれ。姿は一人前でも、まだ医者の見習いだ」

髪は月代(さかやき)のない総髪で、髷(まげ)は下げて先を切りそろえた茶筅髷(ちゃせんまげ)だ。医者や学者がよくする髪型である。

いえいえ、と手代は笑顔で見上げる。

「最近は涼安先生の薬膳(やくぜん)がもっぱらの評判ですよ。よく効く上に味もいい、と。それにお若いのになんでもよくご存じだと、ここでおっしゃったお人もいましたよ」

「いや、まだまだ修業中だ。それに若いと言っても二十五、医者として独り立ちしているお人もいる歳だ。威張れたものではない」

「いやぁ」手代は声をひそめる。

「確かにおられますが、そういう若いお医者は安心できない、頼りない、と皆さん陰で話してますし」

　ふうむ、と涼安は苦笑して座敷の端に腰を下ろした。

「そうか、では、わたしがまだ見習いを続けているのは、まんざら間違ってはいない、ということだな」

「はい、さように存じますよ。焦（あせ）って失敗をすれば、その先の道まで閉ざされかねませんからねえ。少なくありませんよ、そういうお人も」

　手代は訳知り顔で頷（うなず）いた。と、その声を元に戻した。

「おっと、これは無駄話を。で、今日はなにをお求めですか」

　うむ、と涼安は奥の薬棚を目で示した。

「また、朝鮮人参がほしいのだ。前に買った物は、使い切ってしまったゆえ」

「そうでしたか、あれは効きましたでしょう」

　言いながら、手代は立つと奥へと行き、箱を持って戻って来た。

その蓋(ふた)を開けて、にっこりと笑みを向ける。

「ちょうど、長崎から届いた物がございますよ。わざわざ朝鮮から取り寄せた一級品でして」

箱の中には、二股に分かれた人参が納められている。

「ふむ、大きいな。これほどの物はいらぬ。いや、買えぬ」涼安は苦笑する。

「御種人参(おたねにんじん)がよいのだが」

朝鮮人参は、八代将軍吉宗(よしむね)が国内での栽培を命じ、それが実って国産が作られるようになっていた。薬効も同じと認められ、将軍が種を与えたために、御種人参と呼ばれるようになっていた。薬効も同じと認められ、外国(とつくに)に売る交易の品にもなっている。

「では、こちらを」と手代は別の箱を持って来る。

「信州の物です。大きさはいろいろですので、どうぞお選びを」

差し出された箱を覗き込み、涼安は一本を手に取った。

「これはいかほどか」

「はい、六両です」

「ふむ」と考えてから、頷いた。

「よし、もらおう。それと、ほかの生薬(しょうやく)も……枸杞子(くこし)と五味子(ごみし)も、一斤(いっきん)ずつ頼む」

「はい」

手代は奥の薬棚へと向かう。生薬の入った引き出しを開けると、赤い実の枸杞子や茶色の五味子を大きな匙で取り出し、包んだ。

紙の包みを縦に並べて紐で括ると、「お待たせを」と差し出した。

「一番上が人参でございます」

「うむ、わかった。つけておいてくれ」

涼安はそれを受け取って、立ち上がった。払いは月末の掛けだ。

「お気をつけて」手代は見送りのために土間に下りた。「近頃は物騒で、薬をかっさらっていく輩もおりますから。先日も帰り道で盗まれたお客さんがいたんですよ」

ほう、と涼安は眉を寄せた。

「薬が買えずに困っている者がいるのだな」

「いいえぇ」手代は首を振る。「売ってお金に変えるんですよ」

「そうなのか」

「はい、町のごろつきどもは、金になることならなんでもやりますから」

「なんと」涼安は目を見開いてから、苦く笑った。

「油断ならぬな」

「はい」

手代が見送る。

「毎度ありがとうございます」

腰を折る手代に会釈(えしゃく)を返して、涼安は歩き出した。

日本橋の町を抜けて内神田(うちかんだ)に入ると、涼安は小さく振り向いた。少し間を置いて、町人の男がうしろを歩いてくる。その小太りの姿は、辻を曲がったときにも見かけていた。つけて来ている、と気配で気づいていた。

ごろつきに目をつけられたか……。そう考えながら、涼安は右手に持っていた薬の包みを、左手に持ち替えた。空いた右手をそっと刀の柄(つか)にかける。腰には大小の二本が差してある。

涼安は背中に気を集めて歩き続けた。

と、前の路地から、いきなり小柄な男が飛び出した。その足で、こちらに走って来る。

え、と涼安は足を止めた。

男は、勢いを上げて突進してくる。その手を伸ばすと、涼安の手から薬の包みを奪い取った。

えっ……。息を呑んで、涼安は振り返る。

男はそのまま走って行く。

「待て」

踵を返して、あとを追う。

男は走る。

と、男は道にいた男に包みを放り投げた。あとをつけて来た小太りの男だ。

小太りの男は包みを受け取ると、一緒に走り出した。

くっ、と唇を嚙んで涼安も走る。

二人はグルだったか……。舌を打ちながら、足を速める。貴重な薬を盗られてなるものか……。

大きな辻を二人は左に曲がった。

と、そこで大声が上がった。

「気をつけろ」

涼安が追いつくと、荷車を引く者が二人を怒鳴りつけていた。

ぶつかりそうになったのだろう、二人は足を止め、そこで間合いが縮まった。

「待て」

涼安はそう怒鳴ると、一気に駆けた。

走りながら、刀の鯉口（こいぐち）を切る。

男らは振り返りながらも走り続ける。

涼安がその後ろに追いついた。

「返せっ」

声を放つと刀を抜いた。

こちらを見る小太りの男が、道行く人にぶつかる。

薬を持った男の足が止まった。

涼安が男の前に刀を突きつけた。男がぐっと喉を鳴らす。

「ちっ」

それを見た小柄な男が、小太りの男から包みをひったくる。

走り出すその男に向かって、涼安は地面を蹴った。

「そうはさせぬ」

刀を回すと、峰で男の脇腹に打ち込んだ。
男の足が止まり、身体が揺らぐ。
その右肩に、続けて打ち込んだ。
追いついた涼安は、その手から包みを奪い返した。
くっと、睨(にら)みつける男に、もう一人が駆け寄る。
「ずらかるぞ」
腕をつかむと、走り出す。
その後ろ姿を見送って、涼安は刀を納めた。
手にした包みを顔の前に掲げると、ふうっと息を吐く。
「やれやれ、危ないところだった」
そうつぶやいて、元の道へと戻って行った。

二

神田川沿いの坂道を上って、涼安は本郷(ほんごう)へと入った。辻をいくどか曲がり、細い道へと進む。その先の一軒家で涼安は立ち止まった。

簡素な木戸門をくぐると、

「ただいま戻りました」

家の戸を開けた。と、土間に見馴れない草履があるのに気づいて、顔を上げた。

そこに足音が鳴り、

「兄上、お戻りですか」

弟の栄介がやって来た。草履を見ている兄に気がつくと、

「お信の母御が来ているのです」

と、笑顔になった。お信は栄介の女房だ。去年、十八で嫁いできていた。

「おう、おうめさんか」涼安は座敷に上がる。

「父上は？」

「染井村に苗木を買いに行ってます。義母は牛蒡を持って来ていて、お信と台所にいますよ」

「牛蒡、そうか」

涼安は台所へと足を速める。

その土間には、お信とおうめの母娘が並んでいた。

「あ、兄様」

お信が振り返るとおうめも身体をこちらに向けた。

「あら、お帰りなさいましな、お邪魔してますよ」

「おう、いらっしゃい」

土間に下りた涼安に、おうめは微笑(ほほえ)んだ。

「お信ったら、昨日、牛蒡の料理を教えてくれっていきなり来たんですよ。けど、牛蒡がなかったもんだから、今日、買って持って来たんですよ」

「それはかたじけない。お信ちゃんにどうすればよいか、訊(き)いたのはわたしなのだ。牛蒡の料理がどうにも上手(うま)くいかず、薬膳で出しても堅くて食べられないと言われてしまって」

「まあ、そういうことでしたか。なら、お役に立てるかと……」

おうめは小さく笑う。おうめの実家は料理茶屋で、料理には詳しく、日頃から包丁を振るっていると、お信から聞いていた。

「助かります」

涼安は母娘と並んで、流し台にある牛蒡を覗き込んだ。すでに泥が洗い落とされている。

「いろいろとやってみたのだが、柔らかくするのが難しい。煮込んでもだめだったのだ」

お信が小さく首をかしげる。

「牛蒡を薬膳に使うんですか。身体によいのですか」

「うむ」涼安は頷く。

「牛蒡は漢の国では薬用に使われていたのだ。滋養強壮の効があり、身体に溜まった余分な物を出して血をきれいにする、と言われていてな」

「まあ」おうめが目を丸くした。

「そうなんですか……あたし、全然わからないんだけど、薬膳てぇのは、お薬なんですか」

「ああ、いや」涼安は腕を組んだ。

「生薬を加えることもあるが、それは使わずに食材だけで作ることもあって……漢方医には食は養生の元という考えがあるのです。食は医に通じる、ということです。食べ物によって身体をよくすることができるというのです」

「ああ、それならわかりますよ」おうめは笑顔になった。

「身体に悪い物を食べれば、てきめん、具合が悪くなりますからねぇ」

「そうです。ですからその人に合わない物を避けて、よい作用をもたらす物を料理に使うのです。それが薬膳です」

「あのね」とお信が母を見上げた。

「あたしもお嫁に来る前は冬に手足が冷えたけど、兄様のお料理を食べるようになって、ずいぶんとよくなったのよ」

「まあ、そうなの」おうめは娘と向き合う。

「おまえは冬にはいっつも、火鉢にかじりついてたものねえ。そりゃ、ありがたいわねえ」

いや、と涼安は腕をほどいて首筋を掻いた。

「わたしのほうも、それがまた修業になっているのです。お信ちゃんには料理もいろいろと教わってますし……」

「あらあら」おうめが微笑む。

「あたしが仕込んだことが役に立ってるんなら、うれしいこと」

おうめは牛蒡を取り上げた。それを台の上のまな板に載せると、横にあったすりこぎ棒を持ち上げた。

「よし、それじゃ、牛蒡、始めるとしましょう。これですよ」

にこりと笑うとすりこぎ棒を振り上げ、牛蒡の上に振り下ろした。

ごんごんと牛蒡を叩いていく。

目を開いて覗き込む涼安に、おうめは頷く。

「叩くんですよ、叩き牛蒡。そうすると、柔らかくなるんですよ。うちの料理人はよくやってました。お客さんはお年寄りも多いから、そのままだと堅くて嚙めないって言って、手をつけないお人も多いんですよ。あたしも店を手伝ってたころ、牛蒡だけ残してあるのをよく見たもので。だもんで、料理人が工夫したんですよ」

おうめはすりこぎ棒を振る。

「そら、こうして、柔らかくなぁれ、ってね」

「なんと」涼安は口を開いた。

「その手があったか」

はい、とおうめは手を止めて目顔を向けた。触ってみろ、と語るその目に、涼安は手を伸ばした。

「なるほど、これほど柔らかくなるとは」

ええ、とおうめはまた叩く。

「こうすると、食べやすくなるだけでなく、味のしみ込みもよくなりますからね、一挙両得ってことだわね」

「そうか、なれば生薬を加えるのにも都合がよいな」

笑顔になった涼安を、お信が見上げる。

「生薬を加えて、味は変わらないんですか」

「うむ、多少は変わる。だが、まずくならないように工夫するのだ。料理は旨ければ進む、それが大事なのだ」

「まあ」おうめが微笑んだ。

「おいしいお料理を食べて具合がよくなるなんて、ようござんすねえ。だから、兄様はお呼びがかかってお忙しいんだわね」

おうめも娘につられて涼安のことを兄様と呼んでいる。

「いや」と涼安は照れた笑いを浮かべた。

「人から人への口利きが続いただけのこと。まだ医者として人を診られるほどではないから、薬膳師として仕事をするのがちょうどよいのです」

そう言いながら、涼安は襷を回して袖をからげた。

「どれ、叩いてもらった牛蒡を料理してみよう。おうめさんとお信ちゃんは座敷でゆっくりしていてください」

はい、とおうめとお信が台を離れる。

涼安は包丁を手にすると、牛蒡を切り始めた。

箱膳を持って、涼安は座敷へと上がった。

縁側近くにいる母娘に、近づいて行く。障子が開けられているため、涼しい風が吹き込んでくる。

「さあ、できた」

箱膳を置くと、涼安は庭へと首を伸ばした。

「栄介、そなたも来い」

はい、とやって来た栄介も箱膳を囲んだ。

鉢に盛られた牛蒡からは湯気が立ち上っている。それを指で差して、涼安は皆の顔を見た。

「叩いてもらった牛蒡を梅干しと鰹節(かつおぶし)で煮てみた。食べてみてくれ」

はい、とそれぞれが箸(はし)を手にする。

「あらまあ、いいお味だわぁ」

母の言葉に、娘も頷く。

「はい、おいしいですね」

へえ、と栄介も口を動かした。

「これは、柔らかくてよく味がしみ込んでいる」

そうか、と涼安は笑顔になる。

「どうだ、旨いだろう」その笑顔をお信に向ける。

「いやぁ、よいことを教えてもらって……これからはまず叩いてから料理するとします。さすれば、お年寄りにも食べてもらえるはず」

ええ、とおうめは微笑む。

「多少、歯が抜けてても食べられますよ。あたしもいいことを聞けてありがたいこと。牛蒡が身体にいいのなら、うちのおっとさんにも教えてあげなきゃ。お客さんに伝えれば、喜ばれるわ、きっと」

「うむ」涼安は頷く。

「牛蒡は身体を温める効用もあるのだ。冷えやすい人は、食べ続けることで冷えが軽くなる。これから先は暑くなるから、身体の質(たち)に関わらず出しても大丈夫だ」

「まあ」お信は夫を見た。

「では、暑がりの人は食べないほうがいいのですか。旦那(だんな)様みたいな」

見られた栄介は苦笑いをする。

「確かに、わたしは汗っかきだからな」

涼安は二人を見て微笑んだ。

「いや、避ける必要はない。暑がりの人は、身体の熱を冷ます物を一緒に食べればよいのだ。これからなら、瓜や胡瓜がよい」

へえ、と栄介は目を細める。

「では、わたしは胡瓜をたくさん食べるようにしよう。お信の漬物は旨いからな、毎日でもいけるぞ」

「うむ、旨い物はいい」涼安は笑顔になる。

「旨い物を食べて怒る者はいない。むしろ顔が弛む。人はうれしくなると、気血の巡りがよくなるのだ」

「まあ、ほんとに」おうめが手を打つ。

「そいじゃ、あたしも遠慮なく瓜を食べられるわ」

「いや」と涼安は咳を一つ、払った。

「まあ、なんでも食べ過ぎもよくないので、ほどほどで……」

あら、とおうめは肩をすくめて笑う。

その笑いに皆もつられる。

そこに戸の開く音が鳴った。

「戻ったぞ」

父の伊右衛門の声だ。

「おかえりなさいませ」

お信が慌てて立って出迎える。

「ああ、よいよい」

上がって来た父は、おうめに気づいて笑顔になった。

「おう、おいでたか」

はい、とおうめは両手をついて頭を下げた。

「お留守のときに、図々しくお邪魔してました」

「いや」涼安が父を見る。

「わたしのためにわざわざ来てくださったのです。牛蒡の下ごしらえを教えてもらいました」

「ほう」父は皆の輪の中に座った。

「それはかたじけない。おうめさんは身内なのだから、いつでも遠慮はせず、お越しくだされ。いや、旦那さんのお許しがあれば、だが」

おうめの夫は浪人だ。

「あら、お許しだなんて、うちの旦那様はうるさいことは言いませんから、大丈夫ですよ」

顔を上げたおうめに、伊右衛門は頷く。

「うちは女手がお信だけゆえ、なにからなにまで押しつけてしまって申し訳ないと思うているのだ。おうめさんが来てくれれば、お信もうれしかろう」

にこやかに笑う義父に、お信は肩をすくめて頷いた。

「けど、兄様もいろいろとお料理してくださるから、あたしは楽です」

「なに、わたしのは試しだ、失敗も多い」

涼安は苦笑しながら新しい箸を持ってくると、父に差し出した。

「おうめさんに叩いてもらった牛蒡を料理したのです。味を見てください」

ふむ、と牛蒡を口に運ぶ。

「おう、旨いではないか」

「はい、上手くできました。年をとると臓腑の働きが鈍くなりますから、牛蒡はそれを助けるのによいのです」

「年寄り扱いはやめてくれ。わしはまだ五十三だ」

顎(あご)を上げる父に、「いえ」と涼安は小声になる。

「医者から見れば立派な老齢……御身(おんみ)を大事に、ということです」

「ふむ、そうか」父は牛蒡を口に運ぶ。

「なれば、遠慮せずに食べてしまうぞ」

もぐもぐと口を動かす。

「よし」と涼安は立ち上がった。

「もっと旨い物を作るぞ」

腕を振り上げる涼安を、皆が笑顔で見上げた。

三

翌日。

涼安はまた台所の土間に立っていた。

昨日、おうめが持って来た牛蒡がまだある。

それを洗っていると、「兄様」とお信が背後から呼びかけてきた。

「お客様がお見えです」

客、と首をかしげながら座敷に上がって、戸口へと向かう。

表の土間には、一人の武士が立っており、姿勢を正した。

「薬膳師の清河涼安先生はご在宅でしょうか。それがしは河並藩当主猪狩家の家臣、当主の小姓を務めている奥野勝之進と申します」

「はい」と涼安は膝をついた。

「わたしです」

え、と奥野は目を丸くする。

「あ、失礼を。お若い方とは思わず……」

「いえ」涼安は恐縮する奥野に笑みを見せた。奥野も同年代に見える。

「どうぞ、お上がりください」

そう言って立つと、奥の部屋へと案内した。

かしこまって向き合うと、奥野は大きな薬棚を横目で見ながら、改めて会釈をした。

「突然、まかり越しましたこと、お許しを……我が殿からの命で参ったのです。あ、猪狩家は西国の大名家でして、大名と申しましても一万石の小大名なのです。

なので、ご存じないかと思いますが」

　はあ、と涼安は言いよどんだ。確かに、聞いたことがない。

「して、ご用の向きは」

「はい」奥野は背筋を伸ばした。

「涼安先生の評判を、殿が人づてにお聞きになり、一度、薬膳を賞味したい、と仰せなのです」

「ご賞味、ですか」涼安は小さく口元を歪ませた。

「薬膳は味を楽しむ、というよりも身体の調子を整えることに重きを置いておりますので、ご賞味となるとご満足いただけるかどうか」

「あ、はい。それはわかっております。実は、殿は日頃からご不調を訴えられることが多く、お屋敷には医者もいるのですが、特に病があるわけではない、と言われているのです。医者は滋養強壮の煎じ薬を出してくるのですが、それは苦くて服めぬ、と仰せになりまして、無理に口に含んだところ、お戻しになられて……」

「なるほど。口に合わぬ物はいたしかたありません」

「やはりそうですか。で、殿はお城に出仕なさった折に聞かれたそうです。薬膳を摂ってすっかり調子がよくなったという話を。それを作られたのが清河涼安先生だということで」

ううむ、と涼安は小首をひねった。誰であろうか……。すでに何人もの人に薬膳を作ってきている。そのなかには、武士も少なくなかった。

「して」涼安は奥野を見返した。

「殿様のご不調はどのようなごようすなのですか」

「はい、身体がだるくなる、ということです」

「だるく、ですか。ほかにはどうでしょう、たとえば暑がりであられるか寒がりであられるか、短気であられるかそうでないか、など」

涼安の問いに、奥野はすぐに身を乗り出した。

「はい、寒がりでいらっしゃいます。短気ではありません。物事をお決めになるにもじっくりと時をかけられます」

「ほう、もしや、甘い物を好まれますか」

「はい、まさに」奥野が膝行して間合いを詰めた。

「羊羹や饅頭、干菓子などを好まれ、朝に夕に召し上がっておられます」

ふうむ、と涼安は腕を組んだ。

「なるほど、なれば薬膳が合うかと思います。お会いしてきちんと診ないことには、確かなことは言えませんが」

「や、では」奥野はかしこまった。

「屋敷にお越しいただけますか」

「はい。ちょうど一つの仕事が終わったところですから、いつでも」

「では、明後日（あさって）はいかがでしょう。殿は明日はご登城なのですが、明後日以降であればいつでもよい、と仰せでしたので」

「では、明後日にお伺いします」

　頷く涼安に、奥野は笑顔になった。

「いやぁ、よかった。ありがとうございます。あ、では、お迎えの乗り物を寄越します」

「いえ」涼安は制するように手を上げた。

「それは結構です。ああいう狭い所はどうも……それよりも歩くことを好んでいますので。お屋敷の場所さえ教えていただければ」

「さようですか、屋敷は築地本願寺（つきじほんがんじ）の横を……」

　奥野は手振りを交えて説明し始めた。

奥野が帰ったあと、涼安は庭に出た。

並べた植木鉢の前で、栄介がしゃがんでいる。涼安は背後から、小さな白い花が咲いた株を覗き込んだ。

「唐辛子の花がずいぶんと咲いたな」

「ええ」栄介が振り返って兄を見上げた。

「今年はたくさん実がつきそうですよ」

「そうか、来年はもっと株を増やしてくれ。唐辛子はいくらあってもいい。それと、山椒の株も頼む。実山椒がたくさんほしいのだ」

「はい、ちゃんと実のなる雌の株を買ってきます。山椒に雄雌があるとは知りませんでした」

「いや、わたしも本草学で学んでいたのに、すっかり忘れていたのだ。すまん」

苦笑する兄に、弟は立ち上がりながら、首を振る。

「いえ、わたしもちゃんと学ばなければ、と痛感しました。しかし、唐辛子や実山椒は、それほど使うのですか」

「うむ。我が国は湿気が多いからな、それが湿邪となって身体を冷やすのだ。だから、温める効果のある物が大いに役立つ、ということだ」

はあ、と栄介は腕を組んだ。

「なれば、棚を作ることにしましょう。三段くらいにすれば、もっと多くの鉢が置けます」

言いながら、顔を振り向けた。

庭の向こうでは、父の伊右衛門が棚に向かっている。

並んだ植木鉢には梅や松、藤や笹などが植えられている。

栄介は庭をぐるりと見渡した。

薬草を植えた一画もあり、さまざまな草が葉を茂らせている。

「この家を借りたときには、ずいぶん広い庭だと思いましたけど、こうなるともっと広さがほしくなりますね」

「そうだな」涼安も顔を回す。

「まあしかし、これでも我らには十分だ」

涼安が父の姿を見つめると、栄介も同じに目を向けた。

伊右衛門は枝をいじりながら、目を細めている。

「父上の手つきはすっかり植木屋ですね」

弟の言葉に、涼安も頷く。

「うむ、最近はずいぶんと穏やかになられたな。よかった」

並んで立つ二人に父が気づいて、手を上げた。

「なんだ、おったのか、なればちと来てくれ」

はい、と兄弟が寄って行くと、父は奥の棚へと進んだ。植木鉢がたくさん並んでいる。

「そら」と父はそれを指さした。

「朝顔がずいぶんと伸びたので、支えの竹を足さねばならん。手伝ってくれ」

はい、と兄弟は手渡された細い竹の棒を受け取った。

父は朝顔の蔓(つる)に触れながら笑みを浮かべる。

「朝顔はよく売れるからな、また苗を買って来ようと思っている」

「では」栄介が頷く。

「わたしもお供します」

涼安はその横顔に、頼んだぞ、と目顔を向けた。

四

湯島の坂を、涼安は上った。

辻を曲がると、道の先から若侍が次々にやって来た。皆、縛った稽古着を手にして、なかには竹刀を担いだ者もいる。

すれ違って進むと、道場の門が現れた。〈新陰流〉と太く書かれた看板が掲げられている。

それをくぐると、開け放たれた戸から、広い板敷きが見えた。中には数人の人影が動いている。

入り口に立った涼安は、そのうちの一人に、

「信吾」

と、声をかけた。

え、と振り向いた信吾は、すぐに駆けて来た。

「おう、涼介、いや、今は涼安か、さ、上がれ」

信吾の誘いに、うむ、と涼安は広い板間に上がり込む。

「久しぶりに稽古がしたくなってな」そう言うとかしこまった。

「お相手を、師範代」

「おう、願ってもない」

信吾も背筋を伸ばした。

にっと笑いながら襷を回す涼安に、信吾は「そら」と竹刀を差し出した。

「かたじけない」

受け取った涼安は、柄を強く握りしめた。新陰流の竹刀は、革袋を被せた袋(ふくろ)竹刀だ。

ふむ、と涼安は構える。

では、と信吾が前にやって来た。

互いに目を交わし、正眼(せいがん)の構えで向き合う。

「やぁっ」

涼安が踏み込むと、

「とうっ」

と、信吾がそれを受けた。

竹刀がぶつかり合い、鈍い音を響かせる。

引き、回り、踏み込み、互いに竹刀を振り合った。

目が交わされ、ときにその目で頷き合う。

それぞれに張り上げる声も、重なって響き合った。

はあっ、と涼安は息を吐いた。

肩が上下して、息で喉が鳴った。涼安はふっと目元を弛めて竹刀を下ろした。

「これにて」

礼をすると、信吾も会釈を返す。

二人の目が合い、笑顔に変わった。

「いやぁ」涼安は手拭いで汗を拭う。

「久しぶりだと息が上がるのが早い」

「なんの、腕は落ちておらんではないか」信吾も首筋を拭った。

「そなたなら、いつでも師範代を代われるぞ」

竹刀を壁の刀掛けに戻しながら、信吾は涼安を見る。

「そなたが医術の道に進まなければ、わたしよりも早く師範代になっていたのだからな」

友の言葉に、ふっと涼安は口元を弛めた。

「いや、そなたと差はない。それに、医術の道をゆくことになったのは、天命というものであろう」

「天命か……なれば、医術の道は苦ではないのだな」

「ああ、苦どころか、面白い。医術はまだ見習いだが、薬膳を習ったのがよかった。食は医の基本だということがよくわかった」

「ほう」信吾は小首をかしげてまじまじと見たる。

「しかし、まさかそなたが料理人になるとは思わなかったぞ。まあ、食べることはもともと好きだったがな」

「うむ、わたしとて作る側に立つとは思ってはいなかった。だが、やってみると、存外、面白いものだ。仕込みやら味付けやら、工夫や技があってな、なかなかに奥が深いのだ」

ほう、と信吾は感心した面持ち(おもも)ちになる。

「まあ、お城の台所方も男、町の料理人も男だからな、技量の奥は深く、やりがいがあるのだろうが」

「うむ、まさしく」涼安は頷きながら、襷を外した。

「が、剣を握りたくなって腕がむずむずするのも確か。また、相手を頼む」

「おう、いつでも待ってるぞ」

信吾の笑顔に頷き返して、涼安は道場を出た。上って来た湯島の坂道を、下って行った。


湯島を背にそのまま歩き続けた涼安は、武家屋敷が並ぶ道で、だんだんと足運びを緩(ゆる)めた。

先に長い塀が見えてきた。

御徒組の組屋敷だ。敷地の中には、徒士の屋敷が建ち並んでいる。

徒士は将軍の警護をする役目だが、御目見(おめみえ)以下の御家人であるため馬には乗れず、徒歩で従う立場だ。しかし、与えられた屋敷は一家につき百坪はあって、広い庭では木や草花を植える者が多かった。そして、禄(ろく)の少ない御家人は、植木を売ることを内職にする者も多かった。

涼安は足を止めて組屋敷の塀を見つめた。

かつて、その内側に暮らしていたときの状景が甦(よみがえ)る。

父の伊右衛門は、庭に植木鉢を並べていたものだった。

その手入れをするようすを、母の文(ふみ)と姉の妙が縁側から見ていたことも思い出す。

その平穏な暮らしが終わったのは、十年前だった。

＊

夜、皆が揃った場で、父は言った。

〈お役御免となった〉

え、と誰もが目を見開いた。見つめられた父は、眉間に深い皺を刻み、拳を握っていた。

なにゆえに、と喉元まで出かかった言葉を呑み込んだ。父の強ばった面持ちは、それを問うことを拒んでいた。

〈ゆえに〉その顔のまま、父は続けた。

〈組屋敷は出なければならぬ。数日のうちに家移りするゆえ、支度をしろ〉

皆、黙って頷いた。

役目ごとに与えられた組屋敷は、役を離れれば住み続けることはできない。

〈では、今後は……〉

掠(かす)れた声で涼介が問うと、父は言った。

〈小普請組だ。心配いたすな、禄は変わらずに頂戴できる〉

母の面持ちが、少し弛んだ。

徒士は文久(ぶんきゅう)の頃に譜代(ふだい)となっていたため、小普請組に移っても禄がもらえるようになっていた。以前のまま一代限りの抱席(かかえせき)であれば、禄は支給されないところだった。

〈すまぬ〉

父は消えそうな声でつぶやいた。

*

そのときの父の声が耳に甦って、涼安はふうっと息を吐いた。

その日の状景は、昨日のことのように瞼(まぶた)に甦る。

さらに、その数日後のことも、同じように甦った。組屋敷を出た日の状景だ。

涼安は息を吸って歩き出す。

その日、辿(たど)った道を進んだ。

小普請組の者が入る屋敷に、一家は荷車を押して行った。
同役の人々に見られぬように、組屋敷を出たのは夜明け前だった。
薄暗い道を、一家の誰もがうつむいて歩いた。
辿り着いた先は、狭い屋敷だった。
庭と呼べるほどのものはなく、日当たりも風通しも悪い暗い家だった。
もともと病がちであった母は、そこで伏せるようになり、暗さが増していった。
その母の姿を思い出して、涼安は足を止めた。
踵を返すと、元来た道を戻り始めた。
帰って明日の用意をせねば……。胸中でつぶやくと、涼安は足を速めた。

五

夜明け前に家を出て、涼安は町をいくつも抜けた。手にした薬箱を左右に持ち替えながら、南へと歩いた。

築地の町に入ると、道を曲がって進んだ。ほどなく、涼安は大名屋敷の門に立った。

ここが猪狩家だな……。己（おのれ）に頷きながら、門番に寄って行く。

名を告げると、話が通っていたとみえ、すぐに門番は脇の戸を開けた。

内にいた家臣が屋敷の玄関へと案内してくれる。

と、すぐに奥野が廊下を小走りにやって来た。

「お待ちしておりました」

出迎えた奥野が「さっ」と奥へと導く。

先に立って振り返りながら、

「お早いお着きでしたね」

と、言葉をかけてきた。

「はい、朝餉（あさげ）に間に合うように出て来たのです。朝はお腹の中がからであるため、薬膳の効果もよく出るのです」

「なるほど」

奥野は頷きながら、廊下で立ち止まった。

「少々お待ちを」

部屋に入った奥野はすぐに戻って、「どうぞ」と涼安を招き入れた。

失礼いたします、と入ると、そこには当主が泰然（たいぜん）と座っていた。

「殿」と膝をついた奥野が顔を上げる。

「清河涼安先生です」

「うむ、よう参られた」殿が頷いた。

「わたしが猪狩宗盛（むねもり）だ。そなたの評判を聞いてな、一度薬膳とやらを試したかったのだ」

「は」

深く低頭する涼安に、殿は手を上げた。

「よい、面（おもて）を上げて近（ちこ）うに」

は、と涼安は顔を上げて、膝行した。

「ご無礼を」

殿と正面から向き合い、顔を見つめる。

顔色は赤みが少ない……肉付きはほどほど……声は低めで張りがない……お年は三十半ば、というところか……。

「お殿様は」涼安は口を開いた。

「甘い物を好まれると聞きましたが」

「うむ」宗盛は苦笑する。

「つい手が伸びてしまうのだ。よくないか」

「はい、少々であれば障(さわ)りはないのですが。手足が冷えがちではありませんか」

「ほう、さよう。夏でも冷たいことがある。見ただけでわかるのか」

身を乗り出す殿に、涼安は頷いた。

「もともと、お身体が冷えやすい寒証(かんしょう)であられると思われます。そうした方は甘い味を好まれるのですが、砂糖は身体を冷やすので、ますます冷えやすくなるのです」

「なんと」

宗盛は奥野と目を合わせ、互いに驚きを顕(あら)わにする。

涼安はさらに膝行して間合いを詰めた。

「お脈を取らせていただいてもよろしいでしょうか」

「うむ」

と、宗盛は腕を差し出す。涼安はその手首に指を当てた。脈は弱めで、打つ回数も少なめだ。手首そのものも、ひんやりとしている。

本来なら、口を開けさせて舌のようすも見たいところだが、さすがに大名には言いにくかった。

脈をとり終えた涼安は顔を上げた。

「やはり寒証であられます。さっそく薬膳を作ってもよろしいでしょうか」

「うむ。できるのであれば、頼む」

殿の言葉に、では、と奥野が立ち上がった。

「台所にご案内します」

廊下に出た奥野に、涼安も薬箱を持って続いた。

少し先に、小さな台所があり、土間になっていた。

竈(かまど)や流し台の前には、数人の家臣が働いている。

奥野が先に下りて、涼安にも同じ下駄を差し出す。

「こちらは大殿様と殿様、お世継ぎ様のための台所です」

なるほど、と涼安は見渡す。先ほどの部屋といい、江戸城で言えば中奥というところだな……。

中奥は当主が暮らし、政務も行う所だ。

「ですが」奥野は続けた。

「大殿様は国許(くにもと)に帰られましたし、お世継ぎ様はまだお子であられるので、奥でお暮らしなのです」

ふむ、と涼安は頷いた。奥とは、大奥と同じだろう……。

正室や側室が子らと暮らす場所だ。

「では、奥の台所とは別なのですね」

「はい、あちらは人が多いので。ですから、殿の薬膳はこちらでお作りください。みんな……」奥野は顔を巡らせた。

「しばし、隅に控えておれ。こちらの先生が殿の御膳をお作りになる。手伝いを命じられたら、それに従うのだ」

「はっ」

皆がかしこまった。が、誰もが上目遣いに涼安を見た。

「邪魔をいたします」

涼安は皆に言うと、襷を掛けた。

台には魚や貝、青菜、根菜などの食材が盛られている。

「ほう」と、涼安は目を瞠った。

どれもすこぶるよい物ばかりだ、さすが大名……。まじまじと見回して、手に取ってみる。小松菜は、張りがあって青々としている。蛤も勢いよく潮を吹いた。

これほどの食材を使えるとは……。そう口中でつぶやくと、涼安は腕をからげた袖をさらにまくり上げ、「よし」と声を上げた。

板間に置いた薬箱の引き出しを開ける。中には包丁が収められていた。

板間に上がっていた奥野が「やや」と覗き込む。

「包丁もご持参でしたか」

「ええ」涼安はそれを手にして微笑んだ。

「手に馴染(なじ)んでいるので」

そう言うと、涼安はまな板へと向かった。

「さあ、できた」

涼安は濡れた手を拭きながら、板間の奥野を見た。と、目を見開いた。いつのまにか、奥野の隣に別の武士が並んでいた。

奥野は手を上げると、

「毒味役です」

と、その武士を差した。

そうか、と涼安は腹の中でつぶやく。殿様の御膳を見知らぬ者が作るとなれば、毒味をするのは当然か……。

毒味役は涼安を上目で睨めつけた。

「作った料理をそれぞれ、小鉢に盛ってこちらに」

「は」と涼安は汁物、煮物、和え物をそれぞれに少しずつ盛り付ける。

「あ、魚はいかがいたしましょう、姿で焼いたのですが」

「ふむ、身を少々とるのだ」

はい、と涼安はそれぞれの料理を小鉢に取り、膳に並べて板間へと運んだ。

奥野がそれを受け取り、毒味役の前に置く。

毒味役は箸を取ると、汁物から口に運んだ。と、眉が動いた。その下の目が、ちらりと涼安を見る。

「味が濃いな」

「酒を多めに使ったので、コクが出ているのです」

「ふうむ」と毒味役は煮物の小鉢を手に取った。ゆっくりと口を動かして飲み込むと、眉を寄せた。

「辛いな」

そのつぶやきに、涼安は前に進み出た。

「唐辛子を使っておりますので。お殿様は冷えがおありなので、熱を補う必要があるのです」

ふむ、と毒味役は次に和え物に箸をつけた。じっくりと咀嚼（そしゃく）をしながら、小鉢の中を見つめた。

「これはつんとするな」

「はい、辛子を混ぜています。血の巡りをよくしますので」

ふん、と毒味役はまた箸を動かす。

和え物をすべて食べると、すでに置いていた煮物の小鉢をまた取り上げ、残りも食べる。

器は皆、空になった。

へえ、と涼安はそれを見た。毒味はすべて食べるものなのか……。

毒味役は、こん、と音を立てて箸を置いた。

「お持ちしてよし」

「はい」

奥野が返事をして、涼安に頷いた。と、隅に控えていた家臣らが一斉に動き出した。

「盛り付けはわたしどもがいたします」

そう言うと、家臣らは邪魔だとばかりに涼安に肘を突き出し、動いた。棚から器を取り出し、料理を盛り付けていく。涼安は後ろに引いて、それを見ていた。

たちまちに御膳が整い、一の膳と二の膳が出来上がった。

家臣らはそれぞれに膳を掲げ、お櫃を持ち、行列となって廊下へと出て行く。

「では、わたしどもも」

奥野に促され、涼安も続いた。あとから毒味役もついて来る。

先ほどの部屋に戻ると、宗盛は向き合っていた書見台を横にどけた。

「おう、できたか」

「はい」

家臣らが前に置くと、殿は身を乗り出して御膳を見た。

「ふうむ、見た目はいつもとさほど変わらぬな」

脇に控えた奥野を見る。

は、と奥野は頷くが、少し口元を弛めた。

「ですが、今日は毒味役がすべて食べました」

ほう、と殿は面持ちを弛めると、「では」と箸を取った。

汁椀を手にして覗き込む。

「これはなにか」

「は、蛤の汁でございます。味噌（みそ）を溶き入れました」

ふむ、と殿は少し啜（すす）って小首をかしげた。

「蛤といえば、普通は潮汁（うしおじる）だが」

塩味だけの澄んだ汁物にするのが、蛤の定番だ。

「は」と、涼安は顔を上げた。

「味噌は身体を温めますので」

ふうむ、と殿は改めて口に運び、それを飲み干した。

次に箸を伸ばしたのは煮物だった。

「これは?」

「は、茄子（なす）の甘辛煮でございます」

ほう、と少しだけつまんで味を見る。それもじっくりと咀嚼してから、続きを食べる。

「これはなんだ」

和え物の小鉢を手に取ると、くん、と匂いを嗅（か）いだ。

「は、小松菜の辛子（からし）和（あ）えでございます」

ほう、と少しだけ口に入れる。

「ぴりりとくるな」

その言葉に、涼安は眉を歪めた。しまった、お口に合わなかったか……。

「辛子はお身体が温まりますので」

「ふむ、だがよい味だ」

殿は箸を動かす。

涼安はほっとして肩の力を抜いた。

殿はゆっくりと箸を動かして、すべての器を空にした。

「これはなんとも……」

箸を置くと、涼安を見た。

「美味であった」

は、と涼安は低頭した。

その隣にいた奥野が、目顔で頷く。

涼安もそれに返しながら、口を開いた。

「では、昼餉と夕餉もお作りしたいと存じますが」

奥野は殿を見る。

「いかがでしょう」

「うむ、頼む」

「は」と涼安は頭を下げ、少し戻した。

「して、明日の朝、また参ろうかと存じますが、いかがでございましょう。薬膳はしばらく続けることで効き目がよく現れますので」

涼安は、日にちがかかりそうだ、と腹の中で考えていた。身分の高い武士と金持ちの町人は、時がかかるのが常だった。人の言うことはきかない、わがままをとおす、悪い習慣を直そうとしない、というのが習い性となっているからだ。

「ほう、さようか」殿は涼安を見返した。

「なれば、そのように……ああ、いや、そのほう、住まいはどこか」

「は、本郷です」

「本郷とな、確か外堀の北側であろう。なれば屋敷に泊まり込めばよい。遠くから通うのは難儀であろう」

殿の言葉に、奥野は頷く。

「それはよいお考えかと」言いながら、涼安を見た。

「部屋を用意いたしますので」

有無を言わさぬ流れに、涼安は「は」と頷いた。

「では、明日、用意をして出直して参ります」

第二章　殿様の養生

一

夜の明けきらぬ薄暗さのなか、涼安と栄介は家を出た。

風呂敷包みを背負った栄介の横に、涼安が並ぶ。

「すまぬな、手伝わせて」

「いえ」と栄介は笑顔を見せた。

「築地は遠いですし、大名屋敷となれば、身支度も調えませんと」

うむ、と涼安は苦笑する。

これまでにも旗本屋敷や大店の家に泊まり込んだことはあったが、大名屋敷は初めてだ。

本郷の坂を下りると、上り始めた日の光が差してきた。

神田の町を歩き出すと、朝の早い職人らが、道に行き交う姿があった。二人はそんな道を海のほうへと進んだ。

「兄上」栄介が歩きながら横目を向けてきた。「ずっと気になっていたのですが、父上はなぜ、あのような決断をされたのでしょう」

涼安もちらりと横目を向けた。あのことか、と目を戻す。十年前の父の姿がその瞼(まぶた)に甦(よみがえ)った。

＊

十年前、御徒組屋敷を出て四月(よつき)が過ぎた頃のことだ。

父から呼ばれて奥の部屋に行くと、二人きりで向かい合った。

〈実はな、養子を取ることにした〉

父の言葉に、涼介は息を詰めた。それは、と身を乗り出すと、それを制するように、父は顔を逸(そ)らした。

〈もう話はついたのだ。清河家はそのお人に譲る〉

あ、と涼介は息を呑み込んだ。

〈それは御家人株を売る、ということですか〉

町には士分をほしがる裕福な商人がいた。そして、武士に見切りをつけた御家人もいた。御家人がそれなりの金を受け取って町人を養子とすれば、その養子が跡を継ぐことになる。御家人株の売買だ。売ったほうは町人となって暮らしたり、江戸を離れたりと、道を選ぶことができる。公儀は表向き禁止をしたが、御家人株の売買は、時代を経るに従って珍しくなくなっていた。

〈父上〉涼介は膝行（しっこう）して間合いを詰めた。

〈小普請組となっても、またお役をいただけることがある、と聞いています。わたしとて、家督（かとく）を継いだのちには精進（しょうじん）いたします。武士を捨てるなど、そのようなこと……〉

父は逸らした顔を戻すと、声を低めた。

〈御家人株を売れば、文をよい医者に診（み）せることができるのだ〉

あ、と涼介は口を閉じた。

家移りをしてから、母はほとんどの日を伏せって過ごしていた。呼んだ町医者は首をひねり、売薬を置いて行くだけだった。

〈そなたには〉父は掠れ声になった。

〈すまぬと思うている。跡継ぎとして、武術にも学問にも励んできたことは、ようわかっている〉

涼介は拳を握った。握りながら、上目で父を見た。

〈この先は、どうなさるのですか〉

父はうつむいて口を開いた。

〈町人となって植木を売るつもりだ。そなたもなにか道を探してほしい〉

握った拳にさらに力がこもった。涼介は小さく震えるその拳をじっと見つめた。

まっすぐに見据えた目に、父はふっと息を吐いた。

〈父上、わたしはいやです。武士を捨てたくありません〉

が、その顔を上げた。

〈やはりな、そなたはそう言うかと思うていた〉

涼介は拳を開いた。

〈父上、せめて浪人になりましょう。さすれば刀を捨てずにすみます〉

〈浪人か……〉父が天井を仰いだ。

〈そうさな、浪人も町人もさして変わらぬか〉

浪人は幕臣とは区別して扱われている。幕臣を取り締まるのは公儀の目付だが、浪人は町人と同じく、町奉行所支配下に置かれているのだ。

涼介はさらに父との間合いを詰めた。

〈浪人であれば、仕官の道が残されます。剣術師範や学者にもなれます。しかし、町人となってしまえば、その道は閉ざされましょう。なによりも、わたしは武士の誇りを捨てたくないのです〉

〈誇り、か〉父は歪んだ笑いを見せた。

〈そうか、わたしにはもうないが、そなたにはあるのだな……わかった〉

父は息子を見つめた。

〈では、浪人となろう。しかし、生きる道は己で探すのだぞ〉

〈はい〉

涼介は力強く頷いた。

＊

その状景を思い起こしながら、涼安は傍らの栄介を見た。

「そうだな、そなたはまだ十一歳であったから、御家人株を売った事情は聞かされていなかったな」

「はい。家移りしてやっと落ち着いたと思ったら、また家移りだと言われて……よく飲み込めないままでした」

「そうか、そなたはまだ子供だと考えて、父上は話さなかったのだろう。いや、わたしもそう思って、なにも言わずにいた。あのとき、父上は母上のためにそう決めたのだ。御家人株を売ってよい医者に診せるために」

「やっぱり」栄介はつぶやいた。

「そのときにはわからないままでしたけど、あとになってそうではないかと思い至りました」

うむ、と涼安は頷いた。

「父上のことを思うと、あまり触れたくもなかったゆえ、そなたには話さないままだった。すまんな」

「いえ」

栄介は首を振った。

小普請組の屋敷を出て、本郷の貸家に移ったあと、母にはそれまでとは別の医者がやって来た。駕籠に乗って訪れる、堂々とした医者だった。しかし、結局、回復することはなく、翌年、息を引き取ったのだ。

栄介が兄に顔を向けた。口を開きかけて、それをやめる。

涼安は横目で見つつも、気づかぬ振りをした。まだ、聞きたいことがあるのはわかっていた。しかし、道の先に築地の本願寺の屋根が見えてきていた。

「もうすぐだ」

辻を曲がって、涼安は足を速める。

猪狩家の門が見えてきた。

「もう、ここでよい」涼安は弟の背から荷物を取った。

そう言う兄に、弟は「いえ」と微笑んで踵を返した。

「すまなかったな」

遠ざかって行く足音を聞きながら、涼安は門の前に立った。

昨日の門番が、すぐに脇戸を開けて招き入れた。

朝の膳を出すと、宗盛は昨日と同じように、ゆっくりと箸を動かした。

そのようすを、斜め横に座った涼安は、そっと窺う。顔色は昨日よりも赤みが差して見えた。

　殿は青菜を箸でつまみ上げると、涼安を見た。

「これはなにか」

「辛子菜の塩もみでございます。辛子菜も身体を温めますので」

「ほう、さようか」

　口に入れ、嚙むと、殿は小さく眉を寄せた。

「辛いな」

「はい、それが効くのです。辛い味は好まれませんか」

「いや、昨日ですでに馴れたわ」

　弛める面持ちに、涼安はほっとした。

「殿は」隣に座った奥野が口を開いた。

「よく眠れたと仰せであった」

　うむ、と宗盛は目で頷く。

「夜半に厠に起きずにすんだ」

「そうでしたか」涼安はほっとして笑顔になる。

「それはようございました」

「うむ、引き続き頼むぞ」

殿の言葉に、「は」と頭を下げた。

朝餉がすんで、涼安はほどなく昼の膳の用意にかかった。

その昼餉もすむと、涼安は廊下に立った。夕餉の支度までには間がある。庭に向かいながら、献立を考え始めていた。と、庭に声が立った。

幼い男児が庭石の陰から現れ、走り出す。

それを奥女中らが見守っていた。

ほう、と涼安は男児の姿を追った。殿のお子か、元気なことだ……。

男児は木立の奥へと消えて行った。

佇む涼安に、「清河先生」と声がかかった。

奥野が近づいて来ていた。

「ああ、奥野様」

涼安が顔を向けると、奥野は走り寄った。

「様はおやめください」そう小声でいいながら辺りを窺う。

「わたしのような者がそのように呼ばれたら、ほかのお人になにを言われるか……」

なるほど、と涼安も辺りに目を動かした。屋敷の中にも身分の分け隔てがあるのだな……幕臣と同じということか……。

「では、奥野殿で……なれば、わたしも先生は遠慮します。医者としてはまだ見習いの身ですから」

「いえ、なりません」奥野はきっぱりと首を振る。

「殿のお召しで来られたのですから、軽んじられるような呼び方はできません」

なるほど、とまた思い、涼安は頷いた。

「わかりました。では、下の名のほうでお呼びください。そう呼ばれることが多いので。して、ご用でしたか」

「あ、はい。なにかご入り用の物がありましたら、お申し付けください。すぐに使いを出しますゆえ」

はあ、と涼安は顎(あご)を撫(な)でた。

「いえ、それよりも、外へ出てもかまいませんか。午後は手が空きますから、行きたい所もありますし」

「ええ、お出かけはご自由に。門番には言いつけておきます。あ、それとあちらには裏門があります。昼間は開いていますから、いつでも出入りできます」

庭のほうからぐるりと手を回して、裏の方角を手で示す。

「わかりました。では、そのようにさせていただきます」

涼安も庭を見た。と、そこに先ほどの男児が戻ってきた。

奥女中にあとを追わせて笑っている。

「元気がよいですね、お世継ぎですか」

涼安の問いに、奥野は「あ、いや」と声をくぐもらせた。

「鶴丸様は、まだお世継ぎと決まったわけではなく……奥方様のお産み遊ばされた弟君がおられますので……」

ほう、と涼安は走って行く子を目で追った。では、あのお子はご側室のお子ということか……。

奥野は一歩、後ろに引いた。

「では、わたしはこれで」

そう言うと、くるりと背中を向けて、廊下を戻って行った。

二

翌日。

昼の膳を下げた涼安は、屋敷の裏門から外に出た。

海を背にして、神田の松田町へと向かう。

小さな辻を曲がって道を進むと、一軒の家の前に立った。

〈漢方医柴垣青山〉と書かれた木札が、戸口の横に掲げられている。ひびの入った札と掠れた墨文字を見ながら、涼安は苦笑した。そのままなのだな……。

ごめんくだされ、と声を出しかけて、涼安はその口を閉じた。

家の中から声が聞こえてくる。

講義をなさっておられるか、と思いつつ、涼安はそっと戸を開けた。青山の声がはっきりと響いてくる。

静かに草履を脱ぐと、涼安は廊下を進んだ。

奥の部屋で、青山が弟子の五人に向かって、生薬の説明をしていた。

涼安は廊下に座ると、その声に耳を傾けた。

変わらずに張りのあるお声だな……。そう思う胸の中に、初めて青山に会った日の状景が浮かび上がった。

*

九年前。

母の四十九日がすんだあとに、涼介は父と向き合った。

〈父上、考えたのですが、わたしは医術を学びたいと思うています〉

〈医術……そなたは剣術の道を行くかと思うていたが〉

〈あ、剣術は続けていきたいのです。ですが、生業（なりわい）としては、医者の道に進みたいと考えたのです。母上の最期を看取（みと）って、もっとできることはなかったのかと、心苦しくなりました〉

母は腹にしこりがあるという診立てで薬が出されたが、痛みを訴えてそれが増すばかりだった。

〈ふむ〉と父は腕を組んだ。

〈そうさな、そなたは学問にも秀（ひい）でているゆえ、できるであろう〉

〈では、よいのですね〉

〈だが〉父の顔が曇った。

〈医術を学ぶためには、高価な本などを買わねばならぬであろう。御家人株を売った残りがあるとはいえ、正直、そこまでの余裕はないのだ〉

あ、と涼介は顔を伏せた。そうか、そこには考えが及ばなかった……。

父は目を閉じて黙り込んだ。

無理か、と涼介が顔を上げると、父が目を開いた。

〈いや、できるかもしれん〉

〈え……〉

目を見開く息子に、父は眉を動かした。

〈よい医者がいるのだ。実はな、名医という評判を聞いたので、文を診てもらおうと訪ねて行ったのだ。しかし、さる大名に呼ばれて遠方へ旅立つ前日であったゆえ、診てもらうことは叶(かな)わなかった。が、少し話をしたところ、大変よいお人でな、気さくで仁の篤(あつ)いお人柄だと感じ入ったのだ。あのお方なら、相談に乗ってもらえるかもしれん〉

そう言って、父は息子に頷いた。

数日後。

外出から戻った父は、すぐに涼介を呼んだ。

〈出かけるぞ、支度をしろ〉

〈は、どこへですか〉

〈柴垣先生の所だ。朝、訪ねてそなたのことを話したら、会ってみようとおっしゃってくださったのだ。さ、行くぞ〉

〈は、はい〉

慌てて身支度を調えた。

父に連れられて行った先の家には、〈漢方医柴垣青山〉という札がかかっていた。

〈おう、さっそく来なすったか〉

招き入れてくれた医者は、目を細めて父子を見た。

〈さて〉と青山は息子のほうを見つめた。

〈いつ、なにゆえに医者になりたいと思うたのかな。そもそも、医者をどのようなものと思うておるのか〉

青山は次から次へと涼介に問うた。

手に汗を握りつつ答えたものの、涼介は、なにを答えたかよく覚えていない。

しかし〈ふむ〉と青山は頷いた。
〈よかろう、弟子になるがよい〉
〈真(まこと)ですか〉
思わず腰を浮かせる涼介に、おう、と青山は頷いた。
〈書物はうちに山ほどあるからな、金の心配は無用じゃ〉
〈ありがとうございます〉
父が深く頭を下げた。畳にぶつかっても、頭を上げなかった。

*

そのことを思い出すと、涼安は口元がほころんだ。と、顔を部屋へと向けた。
声がやんでいた。
中から弟子達が出てくる。
わっ、と涼安に気づいて、声が上がった。
「おう、驚かせたな、すまん」
涼安は立ち上がると、部屋を覗(のぞ)き込んだ。

青山が気づいて、笑顔になる。

「なんじゃ、来ておったのか、入れ」

手招きする青山に、

「お邪魔します」

と、涼安は向き合って座った。

「忙しそうじゃな」

「はい、薬膳で招かれることが多く、今もさるお屋敷に泊まり込んでいます」

「ふむ、それはよい。薬膳を作るのは人の丸ごとと向き合う仕事じゃ。よい医者の修業になる」

「はい、ですが、まだ迷うことも多く、先生のご意見を伺いに参った次第で」

「ほう、言うてみよ」

「はい、今、薬膳を出しているお方は、寒証と判断しています。冷えがあり、顔色も赤みが少なく、声の張りも脈も弱めです。御膳を召し上がる際にも、一品ずつ確かめ、これはなにか、と問われることが多く、召し上がり方も慎重です」

「ふうむ、寒証に間違いないな。陽の気が足りないとみえる」

「はい、では、熱を補う処方で間違いないでしょうか。辛子や唐辛子などを多く使っています。この先、実山椒（みざんしょう）も使おうと考えているのですが」

「好（ハオ）」

青山は言った。清（しん）の言葉だ。

青山は若い頃に、長崎にいたことがあり、そこで清国から来た医者に漢方を学んだ、ということは誰もが知っていた。食養生（しょくようじょう）の膳もその際に教わったのだと、弟子らは聞かされていた。

涼安の耳に、青山の言葉が甦（よみがえ）った。

〈よい食は薬のように身体に効くのだ。長崎におった頃、朝鮮の医者とも知り合ってな、面白い話を聞いた。朝鮮ではよい水を薬水（ヤクス）と呼ぶそうじゃ。薬ほどに身体によい水、ということでな。なれば、とわしは思うた。よい食なれば薬食、いや薬膳と呼べよう、とな。どうじゃ、よい呼び方であろう〉

それを思い起こしつつ、

「好（ハオ）というのはよい、ということですね」

涼安は、ほっとして面持ちを弛めた。

「うむ、そのお人は身分の高いお方か」

「はい、一万石とはいえ大名なのです」

「そうか、殿様は身体を動かすことが少ないからな、どうしても気血の巡りが滞るのだ。思い切って処方してもよかろう」

「生薬はどうでしょう」

「そうさな、使うのであれば……」

青山は筆を執り、薬の名を書き出していく。

二人で文机に向き合っていると、足音が走り込んで来た。

「先生」弟子が飛び込んで来る。

「またあの男です」

「なんじゃと」

青山は立ち上がると、戸口へと向かった。

涼安は慌ててついて行く。

戸口の土間に、一人の町人が立っていた。

弟子らが、向き合っているが、皆、おどおどとして腰が引けている。

男は手を上げて、出て来た青山を指で差した。

「この藪医者めがっ」引きつった顔で唾を飛ばす。

「てめえのせいでおっかさんは死んだんだ、どうしてくれる」

「だから」青山が端まで進み出る。

「何度も言うておろう、亡うなったのは寿命じゃ」

「いいや、てめえのせいだ。八十九十まで生きる人だっているんだ、七十で死んだのはてめえの腕が悪かったからだ」

「な、な……」弟子の一人が口を開く。

「七十は、立派な長生きですよ」

「うるせえっ」

男の怒鳴り声に、弟子は首を縮める。他の弟子もじりじりとあとずさる。

青山は膝をつくと、座って男を見上げた。

「よいか、人は誰にでも命の終わりが来るんじゃ。人だけじゃない、命というのは生まれればいつかは消えるんじゃ」

男は足を踏み鳴らした。

「ごたくを並べるんじゃねえ、いいか、おれは許さねえからなっ」

そう言うと、背中を見せて出て行った。

ふうっと、息を吐く青山の横に、涼安は腰を落とした。

「母御が亡くなったのですね」

「うむ、二日前にな。気が昂ぶっているのじゃろう、もともと短気なお人じゃったからな」

「はあ、陽の気が強すぎるのですね」

「うむ」と青山は横目を向けた。

「陽の気は攻撃の気にもなる。強すぎれば殺気にすらなる。そういえばそなた、まだ剣術を続けておるのか」

「あ、はい」

「剣術も殺気を生む。命を助ける医者が命を奪うための剣術をする、とは、よいとは思えぬがな」

「いえ、わたしは命を奪ったりはしません。それに、剣術は相手の気を読む修練にもなります」

ふん、と青山は立ち上がった。

「殺しはならぬぞ。さ、戻ろう、続きだ」

部屋へと戻る青山に、涼安は「はい」と続いた。

三

昼の膳が下げられ、静かになった台所に、涼安は入った。

食材を確かめ、夕餉の仕込みをしておきたかった。

台に置かれた薬物を洗っていると、一人の家臣がそっと入って来た。

そろりと近づいて来ると「あのう」と声をかけてきた。

「はい」と顔を向けた涼安に、さらに近づいて来る。

「そばで見ていてもかまわないでしょうか」

ああ、と涼安は目元を弛めた。

「どうぞ。いずれ簡単なことをお教えしようと思うていたのです。わたしもいつまでもこのお屋敷にいるわけにはいきませんから」

「そうですか」男は隣に来た。

「いや、殿のお加減がよくなられたと聞きまして、薬膳とはどのようなものか、知りたいと思ったのです。あ、ご無礼を、わたしは台所役の浜田（はまだ）庄一（しょういち）と申します」

涼安はその顔を見た。最初の日に、睨（にら）みつけてきた一人だ。

「浜田殿、ですか。いつも盛り付けをしていただいてありがとうございます」

「いえ……あの、薬膳というのは、わたしにもできるものなのでしょうか」

首を伸ばして問う浜田に、涼安は、ううむと眉を寄せた。

「薬膳を作るには、まず食べるお人の証を知らなければならぬのです」

「しょう、ですか」

ええ、と涼安は証の字を指で宙に書く。

「身体の質のようなものです。熱と寒、燥と潤、実と虚という質に分かれるのです。簡単に言えば、身体に熱が籠もりやすいのが熱証、冷えやすいのが寒証です。そして、乾燥しやすいのが燥、肌に潤いのない質です」

「あ、それはうちの母です」浜田が声を挟んだ。

「顔がつっぱると言って、冬なぞは椿油を顔に塗っています」

「ああ、それはまさしく燥ですね。それとは逆が潤です。余分な水気が体内に滞りがちになる質です。そのため、むくみやすい人が多いし、水気が多いことで冷えやすくなります」

「ああ、それは妹です。もう嫁ぎましたが、家にいる頃には朝、顔がむくむと言って鏡を覗き込んでいました。子供の頃から手足も冷たかったのです」

「ふむ、潤ですね。そういうお人は虚であることが多いのです。虚は心身の力が強くなく、見た目にも弱々しく見える」

「ええ、そうでした。細くて、すぐに疲れた、と言うのです」

「そうでしょう。それと反対なのが実です。力が充実しているのです。身のこなしも早く、声も大きい。決断も早いのです。浜田殿はそちらに近いかとお見受けしますが」

ああ、と浜田は天井を仰いだ。

「はい、わたしはよく声が大きいと言われます。決断が早い、というのは、確かにそうですが、そそっかしいとも言われますし、短慮(たんりょ)でよく失敗もします」

「はい、陽の気が強いお人はそうなりがちなのです。お母上も燥であれば、そのような所がおありなのではないですか」

「あ、そうです。気が短くて、ぐずぐずせずにさっさとなさい、と子供の頃はよく急(せ)かされました。妹はのんびりしているので、よけいに……そういえば、父もよく母に言われてましたね、早くお決めになってください、と。なるほどなるほど、父もいかにも虚のようなお人です」

何度も頷く浜田に、涼安は思わず笑いを見せた。

「父や母の質を受け継ぐことも多いのです。ですが、人は一人ひとり違います。六つの証がいろいろと組み合わさっていたりもするのです」

「はあ」浜田は目を丸くする。

「難しいのですね」

「そうですね、これは漢の国で生まれた考え方が元になっていて、二千年近くも前から続いているのです」

「二千年……なんと」

額を叩く浜田に、涼安は思わず笑みを浮かべた。

「生薬を処方する際には、その見立てが大事になります。間違えると、病をますます重くしかねませんから。薬膳もそれが基となります」

はあぁ、と浜田は溜息を吐いた。

「なれば、わたしなんぞには、とても無理ですね。学ぶのに何年かかるか、見当もつきません」

「まあ……ですが、この先、お殿様の御膳を作られるのですから、少し、要点をお伝えしておきます」

はい、と背筋を伸ばす浜田に、涼安は向き合った。

「漢の国、いまは清という国名ですが、そこでは陰陽という考え方があるのです。陰陽はすべてのものにあって、たとえが太陽は陽、月は陰、昼間は陽で夜は陰、夏は陽で冬は陰、山は陽で海は陰、というように」

「なるほど、なんとなくわかるような気がします」

「そうした陰陽は食べ物にもあるのです。身体を温める物が陽、冷やす物が陰、そして、どちらでもない物は平とします」

「へえ、どの食材にもそのような区別があるのですか」

「はい、漢方ではそう伝えられてきたのです。葱や韮、鰻や鰯、桃や栗などは身体を温め、茄子や冬瓜、蛸やしじみ、瓜、西瓜などは冷やす食べ物とされています」

ああ、と浜田は手を打った。

「なるほど、では熱証の人には冷やす物、寒証の人は温める物を出す、ということですか」

「まあ、基本はそういうことです。ですが、蛸の好きな人もいるし、蛸その物は身体によい。その場合は、身体を冷やす蛸に身体を温める生姜や辛子などを加えるのです」

「はぁ、なるほどなるほど、少しわかりました」笑顔になる。

「あ、しかし、人の質を判じることができなければ、始まりませんね」

「そうですね。まあ、生薬を使わない薬膳であれば、多少、大雑把でも大きな障りは出ないでしょう。人の質にも陰陽があるので、そこをまず見るのです。熱と燥、実は陽の気が勝っている、寒と潤、虚は陰の気が勝っていると思ってよいのです」

「はあ、人の質にも陰と陽がある、と」

「さようです。陽の気が強い人は気が短く声も身のこなしも力強い、陰の気が勝っている人は、物事を決めるのにためらいがちで、声も張りがなくしぐさも弱々しかったりします。まあ、陰陽や寒熱、燥潤がややこしく混じり合っている人もいるので、そのへんが簡単ではないのですが」

ふむふむ、と浜田は顎を撫でた。

「いやぁ、面白いものですね」

「ええ、漢方は奥が深いので、わたしも未だに修業の途上です。まあ、薬膳だけは外で作ってもよい、と師匠からお許しを得ていますが」

はあぁ、と浜田は姿勢を正した。

「いや、このように間近で見ることができて、よい学びとなります」

涼安は目で笑った。

「わたしがお屋敷を出るまでに、コツをお伝えしていきましょう」

「はい、よろしくお願いいたします」

浜田はぺこりと頭を下げた。


夕餉の膳を作り終え、毒味もすむと、皆が盛り付けを始めた。

涼安が板間から見ていると、そこに奥野がやって来た。

「できましたかな」

はい、と涼安は隣に立った奥野に頷いた。

「あの、お殿様はまだお菓子を召し上がっておられるのですか」

台所には菓子の箱がたくさん積んである。

「ええ」奥野は片目を細めて頷いた。

「あのように、お菓子はあちこちから頂き物が切れないので。殿は昼前と昼下がりに、お茶とお菓子を召し上がるのが、ずっと以前からの習いなのです。あ、なれど、お菓子は以前に比べると量が減ったのですよ。前は夕刻や夜にも召し上がることが多かったのですが、薬膳を作っていただいてからは、合間のお菓子が減ったのです。涼安先生の言葉もお聞き入れになったのでしょう」

「そうですか」涼安は奥野を見る。

「お殿様はお酒は飲まれないようですね」

これまで、膳に酒が出されたことはなかった。

「はい、お酒を飲まれるとお顔が赤くなられ、頭痛も起きると仰せで」

「なるほど」

膳が整い、家臣らが運び始めた。

涼安と奥野は、そのあとについて行く。

宗盛の前に膳が置かれ、涼安はいつものように奥野と並んで座った。

殿のお尋(たず)ねが時折あるため、控えるのが常になっていた。

涼安は横目でじっと殿のようすを見ていた。

殿は箸でつまんだ物を見て、涼安に目を向けた。

「これは蛸か」

「はい、蛸の江戸煮でございます。お茶で煮るのですが、そこに山椒の実を加えてあります」

ほう、と口に入れて動かす。

「ぴりりとするな。だが、香りがよい」

「は」涼安は低頭しながらも、目で殿を追っていた。

殿の動作はゆっくりとしている。手の動きも口の動かし方も遅めだ。

身分の高い人にみられる鷹揚さとも見て取れるが、それをうわまわっている気がしていた。

やはり、と涼安は思案していた。寒であり虚、そして潤の傾向もおありだ……。肌はつややかだ。それは水分を多く保っている証だ。

しかし、と涼安は思った。そのような質だと、人の上に立つのは難儀なことも多いことであろうな……物事への決断を求められるのは、重荷となることもおありだろう……。

涼安は考えながら、殿の顔を窺った。

眉間に皺のあとが残っている。眉を寄せることが多いと、皺が溝のように刻まれてしまうためだ。

もしや、と涼安はそれを横目で見つめた。なにか、お悩みがあるのかもしれない……。

人は悩みがあるときには、それを紛らわそうとするのが常だ。酒を飲む人であれば酒量が増え、甘味を好む人であれば食べる量が増える。医者が人を診るときには、それを頭に入れておけ、と青山に言われたことを思い出していた。

だが、と涼安は唇を結んだ。まさか、大名の殿様に向かって、悩み事がおありか、とは聞けない。

ふっと、息を呑んで、涼安は背筋を伸ばした。

四

屋敷の裏門を、涼安は出た。

朝餉はすんでいた。昼餉は殿が登城するため不要、と言われていた。夕刻まで時がある、と涼安は神田松田町へ向かった。

青山の家に着くと、戸口で耳を澄ませた。すぐ横の部屋から、青山の声が聞こえてくる。

お、しめた、と涼安は勝手に戸を開けて上がり込んだ。

戸口の横の部屋は、患者を診る部屋だ。

開いた戸から覗くと、背中を顕わにしてうつ伏せた男に、青山が灸をすえていた。それを弟子らが囲んでみている。

「よいか、ここが腧じゃ」

青山が小さな艾の塊を置いて、線香で火をつける。

涼安はそっと入って弟子らの後ろについた。青山が気づいて目を向けるが、その目が頷いた。

涼安は首を伸ばしてじっと見つめる。

灸に関しては、まだ使う許しが出ていない。修業の途中だ。

青山は次の艾を腰に置く。

「このお人は腰を治すのが肝要、さすれば肩も首もよくなる……次はこの腧じゃ、よく覚えておくのだぞ」

青山は教えながら、艾を置いていく。

皆は艾が燃えるのを見守った。

ひととおり終わって、艾が取り除かれると、患者は手足を伸ばした。

「もう、起きてもよいですぞ」

青山の声に、初老の男はゆっくりと身を起こす。

弟子らが男に手を貸すなか、青山はそこを離れて涼安の元にやって来た。

「どうじゃ、殿様の具合は」

「はい、よくなっておられます」

「そうか」と青山は振り向いて弟子へ声をかけた。

「幸蔵、こちらに参れ」

「はい」と一人が輪を抜けてやって来る。

青山が二人を見て、廊下へと出る。

涼安と幸蔵は、ちらりと目を交わしてそれに続いた。

台所に入ると、青山は二人と向き合った。

「涼安、この者は幸蔵と言うてな、薬膳を学びたいと言うておる。幸蔵、この涼安はわしが教えて独り立ちした薬膳師じゃ」

「や」と涼安は手を上げた。

「わたしなどまだまだ……」

「いんや」青山は首を振った。

「こたびの仕事ぶりを聞いて、わしは安心した。もう一人でもやっていけよう。ゆえに、だ」青山は二人を交互に見た。

「涼安は、この幸蔵に教えてやってくれ」

は、と幸蔵は涼安に身体を向け、頭を下げた。

「よろしくお願い申します」

「あ、その……」

戸惑う涼安の肩を、青山はぽんと叩いた。

「基本ならばそなたで十分。頼んだぞ、わしゃ、忙しいでな」

くるりと背を向けて出て行く。

残された二人は、顔を見合わせた。

幸蔵は笑顔になって、もう一度、頭を下げた。

「では、さっそくお願いいたします。まずは、味付けの基本など」

幸蔵はいそいそと台に向かう。

涼安は苦笑すると、腰に差していた大小の刀を抜いて、奥の棚に置いた。

まな板の前に立つと、涼安は改めて幸蔵を見た。

「包丁を握ったことはおありか」

「はい、あります」背筋をぴんと伸ばす。

「家では、わたしが料理を作ることが多いのです」

「ほう、それはまた」

目を瞠(みは)った涼安に、幸蔵は首を縮めて笑みを見せた。

「うちは手習い所をやっていまして、父が男児を母が女児を教えているのです。忙しいもので母は姉に台所をまかせていたのですが、その姉が嫁いでしまい、わたしに役割が回ってきたのです」

「ほお、そうか」涼安も笑顔になった。

「それはうちと同じだ。うちは母が病がちであったため、姉が台所に立っていたのだ。が、やはり嫁いだためにわたしが引き継いだ、というわけだ」

「そうなんですか」幸蔵が手を打つ。

「いや、料理はやってみると面白いものですよね。なので、青山先生から薬膳の話を聞いて、是非、習いたいとお願いしたのです。されど、わたしのほかに習いたいと言う人がいないので、そのうちに、と先生に言われて、機をずっと待っていたのです」

ああ、と涼安は苦笑した。

「わたしのときにも、共に薬膳を習ったのは、もう一人だけであった。男は台所に入ったことすらない、という者が珍しくないから、そもそも、関心が向かないのであろう」

「そうですよね、皆に話しても、まともに耳を傾けてくれませんでした」

幸蔵はそう言いながら、台の隅に並んだ小さな壺を見た。

「ここには唐辛子や辛子、山椒の実などが揃っていると聞きました」

「うむ、ひととおりはある。どれ……」

涼安は手を伸ばした。と、その手を止めた。

表のほうから、大声が聞こえてくる。

男の声、そして弟子らの声が混じり合う。

「この声……」

涼安はすぐに奥の棚へと走った。

以前、怒鳴り込んできた男の声に間違いない。

長刀を腰に差すと、涼安は廊下に飛び出した。

その足で戸口へと走って行く。

「どきやがれ」

叫んでいるのは、やはり先日、母を亡くしたという男だった。が、今度は手に匕首（あいくち）を握りしめている。

青山が向き合っているが、あいだに一人の弟子が立ちはだかっていた。

「てめえもぶっ殺すぞ」

男は匕首を握り直す。

「何度言えばわかるっ」

青山が声を放った。

「母御が亡くなったのは天命じゃ。命が尽きるときには、人の技など役に立たんのだ」

「うるせえっ、言い訳をぬかすんじゃねえっ、てめえが手を抜きやがったんだろうが」

男が匕首を振り上げる。

「や、やめなさい」

土間に下りた二人の弟子が、両側から手を上げる。が、その手は震えていた。

涼安は刀の柄に手を掛けた。

これは、まずいぞ……。男の目つきは尋常ではない。

涼安は鯉口を切った。

男の目が青山を見据える。

「うりゃぁあっ」
男が土間を蹴った。
弟子の一人が目をつぶると、横から体当たりをした。
男はよろける。
が、すぐに立て直し、
「てめえっ」
と、弟子に向いた。
弟子の腕に匕首を振り下ろす。
刃（やいば）が二の腕を切りつけた。
「よせっ」
涼安が飛び出す。
刀を抜くと、土間に飛び降りた。
男がこちらを向くのと同時に、刀を回した。
峰を向け、男の右肩を打った。
鈍い音が響き、男の手から匕首が落ちた。その身体が傾く。
涼安は刀を振り上げ、今度は脛（すね）に打ち込んだ。

また鈍い音が鳴り、男は崩れ落ちた。

涼安は後ろにいた幸蔵を振り返る。

「そなた、役人を呼んでくるのだ」

「は、はい」

慌てて飛び出して行く。

二の腕を切られた弟子は、すでに他の弟子に抱えられていた。

「座敷に上げて手当てをするんじゃ」

青山が怒鳴る。

「はい」

返事をした弟子が抱えて運んで行く。

青山の前にいた弟子は、おたおたと手を泳がせている。

「そなたは男の腕を後ろ手に縛り上げろ」

「あ、ああ、はい」

弟子は慌てて回していた襷(たすき)を外し、男の手首を縛る。

涼安は刀を納めると、土間に転がる男の横にしゃがんだ。

「骨にひびが入ったかもしれん、が、折れてはおらぬ」

「く、くそうっ」

睨み上げる男に、涼安は小さく首を振った。

「人を斬りつけたのだから、江戸追放になるだろう。それを機に、遠くに旅をすればよかろう。信州の善光寺で母御の供養をしてはどうだ」

男の眼が動く。

「う、うるせえ……」その声が掠れる。

「て、てめえなんかに、ささ、指図されて、たまるか……おっかあのことを、言うな……」

それは呻き声に変わっていった。

うわあぁぁ、と身を捩る。

そこに外から足音が近づいた。

黒羽織の同心が駆け込んで来る。

涼安は土間から上がり、青山の元へと寄った。

ふう、と青山は息を吐いた。

「助かったぞ。剣術も役に立つものだな」

涼安は黙って、目顔で頷いた。

涼安は師と並んで、縄をかけられる男を見つめた。

五

屋敷の廊下を歩きながら、涼安は庭に目を向けた。

子供の声が聞こえてくる。

四歳ほどの男児がおぼつかない足取りで歩く横に、女人が付き添っている。

涼安は足を止めてそれを眺めた。子供は、以前見かけた子よりも小さい。

弟君か、と思いながら女人にも目を向けた。母御、いやそれにしては歳がいっているな、乳母殿か……。

涼安はゆっくりと庭を見渡した。その目が、手前で止まる。すぐ近くに皐月の茂みがあって薄紅色の花を咲かせているが、目が引かれたのはその根元だった。

緑の草が生えている。

おおばこではないか……。涼安は身を乗り出した。

その顔を横に向けると、おう、いい物がある、と廊下を進んだ。

廊下の下に、沓脱石があり、雪駄が置かれている。

その雪駄を履(は)いて、涼安は庭へと下りた。その足でおおばこに寄って行く。草は葉を放射状に広げ、株の中央からは穂のついた茎が伸びている。

しゃがむと、その株ごと、地面から引き抜いた。

いくつもの株があるため、順に抜いていく。と、上から声が飛んできた。

「そこの者、なにをしておる」

驚いて廊下を見上げると、一人の男が立っていた。三十代と見える若さだが、着ている着物はいかにも身分が高そうだ。

男は手を上げると、涼安の足を指さした。

「殿のお履物(はきもの)をはくとは、なんたる無礼」

えっ、と涼安は自分の足を見た。え、これはお殿様の物か……。

涼安は慌てて雪駄を脱ぎ、それを手で掲げた。

「ご無礼いたしました、お殿様の物とは知らず……」

低頭した頭の上に、怒鳴り声が落ちてくる。

「そのほう、目は節穴か、見ればわかるであろう、そもそも沓脱石に……」

そこに足音が走って来た。

「御家老様」やって来たのは小姓の奥野だ。

「なにか」

庭の涼安と家老を見比べる。

しまった、と涼安は伏せた顔を歪めた。御家老だったのか……。

「すみません」とその顔を上げる。

「わたしがお殿様の物とは知らず、雪駄を履いてしまったのです」

ああ、と奥野はしゃがむと掲げられた雪駄を受け取った。

その膝を回して、家老に向き直る。

「失礼いたしました、涼安先生はご存じなかったのです。お許しを」

「涼安？」家老は吊り上がった眉を寄せている、が、すぐにそれを開いた。

「ああ、殿が召された薬膳師か」

「はい」涼安が、改めて低頭する。

「庭におおばこがあったもので、つい、採(と)るために庭に下りてしまいました」

「おおばことな」家老が地面に置かれた草を見る。

「ただの草ではないか」

「はい、どこにでもある草ですが、生薬では車前草(しゃぜんそう)と呼ばれ、薬草になるのです」

涼安の言葉に、奥野が続ける。

「涼安先生は本草学を修めたお医者でもあるのです。それゆえに、薬膳を作ることがおできなるのです」

「ふうむ」家老が面持ちを弛めた。

「薬膳のことは殿から聞いておる。お身体の調子もよくなってきていると仰せであった。そうか、そなたであったか」

「は、清河涼安と申します」

涼安がかしこまると、

「ふむ、なれば、こたびのことは許そう」

と、家老の声は穏やかになった。

「は」と恐縮する涼安に続いて、奥野も頭を下げる。

「恐れ入ります」

うほん、と家老は咳を払った。

「以後は気をつけよ」

そう言うと、踵を回して廊下を歩き出した。

去って行く後ろ姿を見送って、奥野が涼安に向いた。

「いやぁ、驚かれたでしょう」

「はあ、すみませんでした」

涼安が立ち上がって沓脱石に向かうと、奥野も廊下を並んで進んだ。

奥野が雪駄を戻す横で、涼安は土で汚れた足袋(たび)を脱いだ。

「まさか、お殿様のお履き物であったとは……」

「はい」と奥野が肩をすくめて、縁の下を指で差した。

「我らの草履は石の裏に置いてあります。次からはそちらをお使いください。いつでも庭に下りられます」

「ああ、あるある」覗き込んだ涼安は、苦笑して奥野に頷いた。

「では、次からはこちらをお借りします」

廊下に上がると、涼安は奥野の横に立った。

「あのお方が江戸家老なのですか、お若いですね」

「はい」奥野が小声になる。

「先の江戸家老様が、三年前に中風(ちゅうふう)でお倒れになって、今は下屋敷で養生されているのです。跡継ぎがおられるのですが、やっと元服がすんだお歳ですので、今は家老職の教えを受けているとのことで……なので、国許(くにもと)に三人おられる国家老のうち、一番お若い藤岡勝磨(ふじおかかつま)様が選ばれて、この江戸屋敷に呼ばれたのです」

「なるほど」

涼安は頷いた。

奥野は涼安が持つ足袋に手を伸ばした。

「あ、足袋は洗濯させましょう」

「いや、これは自分で」

「よいのです」

足袋を奪うと、奥野は小さく微笑んで、廊下を歩き出した。

「すみません」

涼安がその背中に声をかけると、奥野は首を振って、去って行った。

あ、しまった、と涼安は庭を見る。せっかく採ったおばこを置き忘れていたのに気づいたのだ。

では、さっそく、と涼安は草履を借りて庭に下りる。抜いた株を拾い上げると、涼安は廊下へと戻った。

台所に行くと、台所役の浜田が流し台にいた。

小松菜を洗いながら、涼安に顔を向ける。

「葉物はすべて洗っておきました」

「それはかたじけない」

礼を言いながら、涼安は台に並んでおおばこを洗う。

不思議そうにそれを見る浜田に、涼安は笑みを向けた。

「これは腹下しなどに効く薬草なのです。が、先ほど庭で採っていたら、御家老様に叱られてしまい……」

その出来事を話すと、ああ、と浜田は頷いた。

「御家老はすぐに声を荒らげられるのです。皆、怯えているんですよ」

小声で片目を細める。と、「そうか」と浜田は瞬きをした。

「御家老は陽の気が強い、ということでしょうか」

ふむ、と涼安は天井を見上げる。

「そうですね、声が大きく張りがおありだった。すぐに声を荒らげるのは、短気で怒気が強い傾向を示していますね。そして歩幅が広く、足音が大きかった……ということから、陽の気が強いとお見受けします」

「へえ、足音もですか」

「ええ、陽の気が強いお人は、足運びにも勢いがある。陰の気が強いお人は足取りも弱いので、足音を立てずに歩くことが多いのです」

「ははあ、では、御家老は陽の気の塊ですね。離れていても、足音でいらっしゃることがわかりますから。それで逃げて行く者もいるほどで」

笑いをかみ殺す浜田に、涼安も笑みが浮かんだ。

「まあ、人の上に立つお方は、陽の気が強めなほうがよいのです。人を指導したり、支配したりするのは、気が強くなければ務まりませんから。物事を決断するのも、陽の気があってこそ、です」

「はあぁ、なるほど……確かに御家老は、次々に物事を進めていくお方です。あ、そういえば、御家老は奥の台所に薬膳師を雇ったそうですよ」

「薬膳師……」

誰だ、と涼安は腹の底で首をひねった。江戸に、それほど多くの薬膳師がいるとも思えない。

「なんでも」浜田が続ける。

「京から来たお人らしいです」

「京か、なればわからないな」

涼安のつぶやきに、浜田は小さく微笑んだ。

「御家老は、殿から薬膳の話をお聞きになって、とお決めになったらしいですよ。まさか、殿の薬膳師を奪うわけにはいかないから、別のお方を探させたそうで」

「ふうむ、奥の台所ということは、奥方様らのため、ということですか」

「いえ、お子様のためだと思います。千代丸様はご病弱であられるので」

ほう、と涼安は庭で見た姿を思い返した。確かに小柄で弱々しい足取りだった。

「男のお子はお二人なのですか」

「はい、奥方様の最初のお子様は姫君で……国許のご側室にもお子がいらっしゃるそうですが、そちらも姫君だという話です」

「ふうむ、男児は二人のみとなれば、確かに心許ないと思われるでしょうね。ましてや御正室のお子がお弱いとなれば、健やかに育ってほしいと願うのも道理」

「ええ、奥方様は松平家のお血筋なので、御家老は千代丸様を大事になさっているのです」

「そうか、それで薬膳師を……」

はい、と浜田は頷く。

「ですが、奥に男が泊まり込むわけにいきませんから、通いのようです。涼安先生ほどには、力を発揮できないでしょうね。それに、わたしのようにいろいろと教えてもらうこともできないでしょう」

にっと笑って、浜田は腕を振り上げた。

「さあ、次はなにをやりましょう。なんでもお申し付けください」

その笑顔につられ、涼安も、よし、と襷を回した。

「では、作るとするか」

笊に盛られた青物や魚に向き合った。

第三章　邪道(じゃどう)の膳

一

庭に下りた涼安は、隅にしゃがんでおおばこを抜いていた。

その背中に、声がかかった。

「涼安先生、お手伝いしましょう」

振り向くと、台所役の浜田が廊下から下りて来ていた。下の草履(ぞうり)を取りながら、浜田は「おや」と声を上げた。

縁の下には、これまでに採(と)ったおおばこが陰干ししてあった。

「ずいぶん採りましたね」

「うむ、奥野殿に確かめてもらったら、採ってもかまわない、むしろ庭師は喜んでいる、とのことであったから、こうして抜いているのだ」

笑顔になった涼安の横に、浜田もしゃがんだ。

「そりゃいいですね」

二人の手がおおばこを抜いていく。

と、涼安はうつむけていた顔を上げた。

子供の声が聞こえてくる。

茂みから首を伸ばすと、池の近くに二人の子がいるのが見えた。以前、見かけた小さな男児の傍らに、十歳ほどの少女がいる。

「奥方様の御子ですね」

涼安の問いに、浜田が頷く。

「はい、沙代姫と千代丸様です」

「ほう、鶴丸様はいらっしゃいませんね」

「ええ、奥方様の御子がお出になっているときには、遠慮なさるのです」

「なるほど」と、涼安は胸中で得心した。側室のお子は立場を弁えている、ということか……。

「奥方様のお子様はあのお二人なのですか」

「ええ、沙代姫様の下にもう一人、姫君がお産まれになったのですが、すぐに亡くなられたのです」

「そうでしたか」

涼安は胸の中で思いを繋げた。それゆえに側室を迎えた、ということか……。

「千代丸様は」浜田がささやく。

「お身体がお弱いのですが、薬膳を召し上がるようになってお元気になられたと、奥の台所の者が言っていました」

「ほう、そうなのですか」

「ええ、それで今では姫様も奥方様も召し上がっているそうです」

へえ、と涼安は遠目で、早足になった千代丸を追った。腕のよい薬膳師なのだな……。

「先生」浜田が片目を歪めた。

「ですが、奥台所に来ている薬膳師は、なにも教えてくれないそうです。そなたらには無理だ、と言って」

「ほう、そうなのか」

「ええ、ですからわたしは先生から教えてもらっているというのを、内緒にしているのです。妬まれたらたまったものではありませんから」

苦笑する浜田に、涼安も同じ顔を返す。

「まあ、確かに、中途半端に知ると間違いを犯しやすいものですし、特に、人からの又聞き、というのは勘違いが起きやすいゆえ、浜田殿の胸に納めておくのがよろしいでしょう」

「はい、軽々に人には言わぬよう、気をつけます」

背筋を伸ばした浜田に、涼安は大きく頷いた。


夜。

夕餉の膳を出し終えた涼安は、自室としてあてがわれた部屋に戻った。すでに、行灯に灯が入れられている。

文机を寄せると、涼安は筆を執った。作った薬膳を記録するためだ。献立を記し、出す相手のようすも記すのが日課だ。

筆を滑らせていると、障子の向こうから声が上がった。

「先生、奥野です。よろしいでしょうか」

「はい、どうぞ」

筆を置くと、障子が開いて、奥野が入って来た。その後ろから、もう一人、続いて入って来る。

見たことのない顔にかしこまると、相手も姿勢を正した。

「失礼いたします。それがしは留守居役の坂崎健四郎と申します」

低頭する坂崎に、涼安も頭を下げる。

「すみません」奥野が口を開いた。

「坂崎殿が先生に相談したいことがある、と仰せで」

「あ、はい、なんでしょう」

涼安は顔を上げて坂崎と目を合わせた。年の頃は四十手前というようすで、落ち着いていている。

「実は、鶴丸様のことなのです」

ああ、と涼安は目を動かした。

「以前、庭でお見かけしたことがあります。元気なお子様ですね」

「はい。ですが……」坂崎は小さく眉を寄せた。

「近頃、お加減を悪くされることがありまして……いえ、もともとお腹が少しお弱かったのですが、今日もお腹を下されて寝込んでしまわれて」

「ほう、医者は……そういえば、このお屋敷には医者がいるのですか」

ああ、と坂崎は首筋を掻く。

「以前はいたのですが、大殿様について国許に行ってしまったのです。なので、なにかの際には江戸の医者を呼ぶのです。今日も呼んだのですが、お子は薬を合わせるのが難しいからと、白湯でお腹を温めろ、と言うだけで」

「ふうむ、なるほど。鶴丸様は奥に来ているという薬膳師の御膳は、召し上がっているのですか」

「はい、千代丸様だけでなく鶴丸様にも、ということで、初めから出されています。もう六日ほどになります」

「ほう、ではお腹の不調はその薬膳師に伝えたのですか」

「ええ、伝えました。したところ、瞑眩だと言うのです。身体に溜まっていた毒が出ることで、いっとき具合が悪くなるが、よくなるための道筋であるから心配は無用、と。そのようなことがあるのでしょうか」

身を乗り出す坂崎に、涼安は「ふうむ」と腕を組んだ。

「確かに漢方ではそのように言われています。薬や鍼灸が効いて、しばし不調が出ることを瞑眩というのです。悪くなったと錯覚してしまう、という意味合いです」

「そうなのですか」坂崎は身を引いて、神妙な顔になった。

「では、このままでよいのでしょうか」

ううむ、と涼安は唸った。

「瞑眩はそれほど長く続くものではありませんから、ちと気になりますね。それに、瞑眩ではなく、本当に悪くなっている場合もあり、それは見極めが難しいのです。一度、鶴丸様のごようすを診られれば、もう少し、判断のつけようがあるかと思いますが」

「そうですか」坂崎は天井を見上げて、それを戻した。

「では、明日、奥にお越しくださいませんか。お奈津の方には話を通しておきますので」

「お奈津の方様というのは、鶴丸様の母御ですか」

「はい。わたしがこの屋敷にお招きしたので……」

「なるほど、御側室選びをまかされたのですね」

涼安の言葉に、坂崎は大きく首を振った。

「いいえ、御側室として招いたのではありません。琴の相手がほしい、と今は亡き大奥方様が仰せになられたので、わたしが探したのです」

そうか、と涼安は得心した。

各藩の江戸屋敷にいる留守居役は、公儀からの通達を受ける役だ。江戸城から大名に申し渡しがあるときには、留守居役が呼ばれて城に上がる。ために、普段から公儀の役人と繋がりがあり、旗本などの顔見知りも多い。

奥野が口を開いた。

「あの頃は大奥方様もお元気でいらしたのです。なので、顔の広い坂崎殿が聞いて回り、さる旗本の御息女に琴の名手がいるとわかった次第で、それがお奈津の方だったのです」

「そうでしたか」涼安は頷く。

「それでお屋敷においでになるうち、お殿様のお目に留まった、と」

「はい」坂崎が顔を上げる。

「お奈津の方は大奥方様とも殿とも打ち解けられていたので、話はすんなりとまとまったのです」

「なるほど、そのような事情なれば、坂崎殿が気を配られるのも当然ですね」

「ええ、なにかあれば、お奈津の方のご実家に顔向けできませんから」

真剣な坂崎の面持ち（おももち）に、涼安は頷いた。

「では、明日、鶴丸様にお目通りを……朝餉のあとはいかがでしょう」

「はい、ご案内しますので」

頷き合う二人に、奥野がほっと面持ちを弛(ゆる)めた。

「よかった。殿にもお許しはいただいているので、よろしくお願いいたします」

はい、と涼安は頷いた。

二

翌朝。

先を歩く坂崎に続いて、涼安は急須(きゅうす)を手に廊下を進んだ。

「こちらです」

坂崎は中に声をかけて、障子を開ける。

「お連れしました」そう言って座敷に低頭すると、

「さ、どうぞ中へ」

と、招き入れた。

「失礼します」

涼安が中に入ると、そこにはお奈津の方と鶴丸が並んで端座していた。

「ご足労いただき……」

会釈をしたお奈津は、鶴丸の背に手を当てた。

鶴丸は臆せずに涼安を見上げる。

ふむ、と涼安はその顔をじっくりと見た。少し顔色が白い、頬も子供らしい膨らみが足りない……。

「して」涼安は母に目を移した。

「お腹の具合はいかがですか」

「はい、昨夜は大丈夫だったのですが、今朝は下し気味でした」

「そうですか、湯飲みはありますか」

涼安は持って来た急須を前に置く。

はい、とお奈津が差し出すと、涼安は急須を傾けた。うっすらと湯気を立てて、汁が注がれる。

「これを鶴丸様に飲ませて差し上げてください」

受け取りつつも「これは」と小首をかしげるお奈津に、涼安は微笑みを見せた。

「おおばこを煎じた物です。下り腹に効きます。甘い甘草と煎じてありますから、お子でも飲める味です」

はあ、と母は子に湯飲みを差し出し、

「お飲みなさい」

と、口元に運んだ。

鶴丸は手を添えると、それをゆっくりと飲んだ。

涼安は鶴丸の手や首筋を見つめる。細くなっていて、皮膚に張りがない。水分が抜けてしまっているな……。思いつつ、母に目を向けた。

「鶴丸様に、半刻（一時間）ごとに白湯を差し上げてください。御膳は召し上がりましたか」

「はい、なれど、好き嫌いもあって、もともと残すことも……」

「そうですか」涼安は鶴丸に向けて首を伸ばした。

「鶴丸様はなにがお好きですか」

まっすぐに見返して、鶴丸は口を開いた。

「海老と玉子、それに高野豆腐も」

「なるほど、確かにどれも旨い物ですね。お腹は痛みますか」

その問いに、鶴丸はちらりと母を見た。

「少し、痛くなることがあります」

「まあ」お奈津は目を丸くする。

「そのようなこと、なぜ言わなかったのです」

鶴丸は少し首を縮めた。

「厠に行けばすぐに収まりますから」

そのやりとりを見ながら、涼安は、ふうむ、と思った。母御を心配させぬために、言わずにいたのだな……気配りも利いて辛抱強い、ということか……。

「薬膳が出される前には、お腹が下るようなことはなかったのですか」

涼安が問うと、お奈津は「いえ」と子を見た。

「ときどきはありました」

「ええ」傍らに控えていた坂崎が口を開いた。

「夏には、ときどきお腹を壊されると聞いています」

その言葉に、鶴丸が小さく笑って肩をすくめた。

「西瓜と瓜の食べ過ぎです」

「ほう、お好きなのですね」

涼安も笑顔を向けた。西瓜や瓜は身体を冷やす。それを好んでたくさん食べるということは、熱証に違いない。だが、食べ過ぎだと、原因がわかっているのだな、賢いお子だ……。

「脈を取らせてください」

涼安が手を伸ばすと、鶴丸は自らの手首を差し出した。

指を当てた涼安は指先に集中する。脈は問題ない、とその手を離すと、

「そういえば」とお奈津に顔を向けた。

「奥方様も薬膳を召し上がっていると聞きましたが、お方様も召し上がっているのですか」

「いえ、わたくしは特段、具合の悪いところもないので、いただいていません」

「そうですか」涼安は顎に手を当てた。

「どのような薬膳を召し上がっているのか、一度、確かめたいのですが、昼餉の際にまた、参ってもよろしいでしょうか」

お奈津と坂崎が目を合わせて頷き合う。

「では」坂崎が言う。

「殿の御膳がおすみになった頃に、また、ご案内に伺いましょう」

奥の部屋に、男が一人で入るわけにはいかない。

「はい、お願いします」下げた頭を、涼安はお奈津に向けた。

「では、御膳には手をつけずにお待ちください」

「わかりました」

お奈津はその手をきゅっと握りしめた。


昼。

再びお奈津の部屋を訪れた涼安は手に椀を持っていた。

「これを召し上がってください」

鶴丸に差し出すと、母がそれを覗き込んだ。

「まあ、きれいだこと」

椀の中は白い粥で、赤い枸杞の実が散らしてある。

「はい、蓮の実と枸杞子を入れた粥です。滋養の薬膳です」

涼安の笑みに、鶴丸は椀を手に取った。

食べ始めた鶴丸を横目で確かめると、涼安は並べられた膳に向き直った。

二つ並んだ小さな膳に向かって、涼安は懐から包みを取り出した。開くと、中から匙と小皿が現れた。

「失礼を」

涼安は黒塗りの汁椀を覗き込んだ。すまし汁の底に、白い鯛の切り身が沈んでいる。なるほど、と澄んだ汁を見つめた。味噌は身体を温めるゆえ、それを避けて澄まし汁にしたのだな……。その汁を匙で掬うと、涼安は鼻へと持って来た。くん、と匂いを嗅ぐ。

ほう、昆布の出汁を利かせてあるな……。思いつつ口に含む。ふむ、旨い、それに、普通だ……。

次に小鉢を手に取った。海老とさやいんげんの煮物だ。煮汁を匙で掬って小皿に移し、それも口に含む。ふむ、と次の小鉢を手に取る。その小鉢には、根三つ葉の卵とじが入っていた。なるほど、と涼安は胸中でつぶやく。根三つ葉は身体を冷やす食材だ。この薬膳師は鶴丸様を熱証と判断しているのだな……。ふむ、味はよい、と涼安は小鉢を戻した。

そのようすを、お奈津と坂崎はじっと見つめている。

涼安は顔を上げた。

「これを作っている薬膳師は、鶴丸様と会ったのですか」

「はい」お奈津が頷く。

「初めに一度、ここに来ました。いろいろと訊いて帰って行きました」

「そうですか」

涼安は深皿に手を伸ばした。盛られているのは、数個の小さな丸いがんもどきだ。たっぷりとした煮汁に浸されている。それを匙で掬って小皿に移すと、涼安は口に含んだ。

え、と口を閉じ、匙を鼻に近づける。

これは、と涼安の眉間に皺が寄った。この匂い、味……砂糖で甘くしてあるが……。

黙り込んだ涼安に、

「なにか」

坂崎が膝で近寄ってきた。

「あ、いえ」

涼安は握りしめた匙を見つめる。頭の中では、ぐるぐると問いが回っていた。腕の悪い薬膳師なのか、判断を誤ったのか、それとも意図あってのことか……。

「あの……」

お奈津の揺れる声に、涼安は顔を上げた。

「ああ、すみません」言いながらお奈津の膳を指で差した。

「少し、気になることがあるので、この先は、鶴丸様の御膳と取り替えて召し上がっていただけませんか」

「えっ」坂崎が膝でさらに間合いを詰める。

「それは鶴丸様の御膳がよくない物、ということですか。なれば、お奈津の方が召し上がるなど……」

「あ、いえ」涼安は首を振った。

「大人が食する分には差し支えない程度のことです。ただ、お子の身体には少し強すぎるというか……」

坂崎とお奈津が、目を歪ませて互いを見る。

涼安は息を吸って声を低めると、二人を交互に見た。

「一食だけで判断するわけにもいきません。もう少し、ようすを見させてください。その薬膳師は毎日、来ているのですよね」

「ええ」坂崎は頷く。

「御膳を作る半刻前に来て、御膳が下がると帰って行きます。御家老が無理を言って招いたらしく、お忙しい方だと……」

「そうですか、どのようなお方なのか……一度、話をしてみたいと思います。その上で、判断させていただきたいのですが、よろしいでしょうか」

「はい」お奈津は両手を握った。

「御家老様のお気遣(きづか)いなので、わたしどももお断りするのは心苦しく……なれど、膳を取り替えればいいのですね、わかりました」

「はい」

涼安は鶴丸を見た。

渡した薬膳粥はきれいに食べきっていた。

「お口に合ったようですね」

涼安の言葉に「はい」と鶴丸は笑顔になる。

「いや」と坂崎がかしこまった。

「来ていただいてよかった。引き続き、お願いいたします」

「はい」

涼安も神妙に頷いた。

三

翌日。

朝餉を終えて、涼安が部屋に戻ると、それを追って奥野がやって来た。

「先生、少し、よいですか」

言いながら入って来る奥野に、涼安は向き合った。

「昨日」奥野が声を低める。

「坂崎殿から聞いたのです。鶴丸様の薬膳が怪しいそうですね」

「いえ、まだ怪しいというほどのことでは……」

「や」と奥野は膝行(しっこう)して間合いを詰めてくる。

「先生のお耳に入れておきたいことがあるのです」

は、と唾(つば)を飲み込む涼安に、奥野はさらに声をひそめる。

「お会いになっておわかりかと思いますが、鶴丸様はお小さい頃から、賢いお子、と評判でした。話し始めるのも早かったし、言葉もどんどんと増えて、殿はお喜びだったのです」

「はい、わたしも聡明であられると感じました。幼いながらに気配りもでき、察しも早い、と」

「はい、皆、そう言うています。ですが、弟君の千代丸様は……言葉を発するのもずいぶんと遅かったのに加え、おしゃべりもなかなかうまくならないのです。お歩きになるのも鶴丸様よりも、遅かったこともありまして、皆、その……気を揉んでいたのです」

　なるほど、と涼安は庭で見た千代丸の姿を思い起こしていた。手足が細く、身体も小さめだった。歩き方もおぼつかなく見えたのは、発育が遅れているためだと思われた。

「それで跡継ぎを決めかねている、ということですね。ですが、発育の早さは人それぞれ、と医者のあいだでも言われています。幼い頃には判じきれないので、長い目で見るのが肝要かと」

　はい、と奥野が目顔で頷く。

「それはご尤も。ですが、いずれ跡継ぎを決めて、御公儀に届け出なければなりません」

「ふうむ、それはそうですね」

大名家は跡継ぎを届け出て、御公儀から許しを受けることになっている。

奥野はさらに声を抑えた。

「御家老様は御正室のお子が跡を継ぐのが当然、とお考えなのです。なによりも名家のお血筋を重んじておられますし、松平のお血筋が当主となれば、この先を利することも多いはず、と」

「ふうむ、武家の伝統、ともいえるお考えですね」

「はい、ですが、奥方様のご実家は松平家といっても傍流で、今はさほどのお力をお持ちではないお家なのです。それに、すでに昔とは世が変わっています。武士が町人となり、町人が武士になる世です」

涼安は苦笑を呑み込んだ。御家人株を売った家だとは言いにくい。

「そうですね、昔は血筋や家格が重んじられ、それでお役目も決められていた……しかし、今ではお城でも、血筋よりもそれぞれの才で出世することが普通になっている、と聞いています」

「はい、わたしもお役人と接することがあり、それを痛感しています。お生まれの身分が軽いお人でも、よいお役目に就いておられるお方が珍しくない。そんな世なのですから、お血筋にこだわることには反対する者もいるのです。坂崎殿などは、むしろお旗本の繋がりを大事にすべき、との考えなのです」

「ふむ、確かにそれも道理ですね。旗本は大名家にとって、御公儀との大事な繋ぎ役、となれば、旗本の孫である鶴丸様を跡継ぎとして推したくなるでしょうね。ましてや、英明なお子、と評判が高いのであれば、そちらを、と」

「そうなのです」奥野は思わず声を高め、慌てて口を押さえた。

「なので、この屋敷の中でも、千代丸様を推す声と鶴丸様を推す声に割れているのです。殿も迷っておられるようで……」

奥野の眉間の皺を見ながら、そうであったか、と涼安は腑（ふ）に落ちた。殿様はなにやら悩み事がおありと見えたが、そこだったか……。

「なので」奥野が拳（こぶし）を握る。

「坂崎殿は鶴丸様の薬膳が怪しいと聞いて、わたしに伝えに来たのです」

「ああ、いえ」涼安は手を上げた。

「ですから、まだ怪しいとは……」

言いつつ、手を下げた。なるほど、そのような疑いが生まれる素地があったのだな……千代丸様を推す側にとって、鶴丸様は邪魔者である、と……。

ううむ、と涼安は腕を組んだ。と、しばしうつむけた顔を上げた。

「お話はわかりました。そのことを胸に納めておきます。そのうえで、鶴丸様の薬膳のこと、調べますので」

「はい」奥野は眉間の皺を消した。

「ありがとうございます。よろしくお願いいたします」

勢いよく頭を下げると、奥野は出て行った。

遠ざかって行く足音を聞きながら、涼安は天井を見上げた。

なんとも、大ごとになったものだ……よもや御家騒動に関わるとは……。

ふう、と息が漏れた。


昼の薬膳を早めに仕込んで、涼安は台所を出た。

裏から回って行くと、奥の台所が見えてきた。

奥の薬膳師は半刻前に来る、と言っていた言葉を思い出しながら、涼安はそっと辺りを見回した。薪小屋を見つけて、その陰に身を寄せる。

今朝までは、その薬膳師に挨拶をして話をしようと考えていた。しかし、怪しい、という奥野の言葉を聞いて、気持ちが変わっていた。

もしも、その薬膳師がよからぬ意図を持って鶴丸様の御膳を作っているとしたら……いきなり対面するのは得策ではないだろう……。

そう考えながら、台所の勝手口を窺っていると、人の姿が現れた。

裏門から入って来たらしいその男は、両の手に風呂敷包みと薬箱をそれぞれ持っている。

その手元から顔へと、涼安は目を移した。頭は自分と同じ総髪の茶筅髷だ。

え、と、その目を見開く。

あれは……。思わず半歩、踏み出した。が、慌てて引く。

男は、すぐに台所へと入って行った。

涼安は薪小屋の陰から出ると、そこに立ち尽くした。

あの顔……香原宋源では……。思いつつも、首をかしげる。似ている、しかし、最後にあったのは三年以上も前だ……。

涼安はそっと台所へと近づいて行った。

戸口の手前で止まり、耳を澄ませる。

中からは洗い物をする水音や火を焚く竈の音が聞こえてくる。台所役の人々が行き交う足音やざわめきも響く。が、はっきりとした言葉は聞こえてこない。

と、戸口から桶を抱えた人が出て来た。

涼安は踵（きびす）を返して、その場から離れた。

昼過ぎ。

涼安は裏門から屋敷を出ると、小走りになった。

神田松田町への道を進みながら、宋源の顔を思い出していた。浮かんでくるのは、先ほど見た姿ではなく、昔の顔だ。

＊

八年前。

柴垣青山の元に弟子入りして、しばらく経った頃だった。

弟子の多くは年上だったが、一人、同い年だったのが香原宋源だった。

親しく口を利くようになった宋源は、ある日言った。

〈先生から薬膳を習うことにしたのだ。そなたもどうだ、家では包丁を握っているのだろう。食べることも好きではないか〉

〈薬膳か、先生の講義で聞いたな。食が大事だ、と〉

〈うむ、漢方には食は養生の源、という言葉がある。食は薬に等しい、というものだ。わたしは少しだけ、父から教わったことがあるのだが、奥が深く興味深いものだった〉

〈へえ、お父上から？〉

〈ああ、父は御領主様の奥医師をしていたのだ。養生の御膳をお出ししてお褒めいただいた、と話されていた〉

〈お父上も医者だったのか、それでそなたも継いだのだな〉

〈うむ、まあそういうことだ。知っているか、漢よりも古い周という国では、食医という医者がいたのだ〉

〈食医？〉

〈そうだ、食を管理する医者だ。日々、食す物で病を防ぐ医者が一番上、二番目は病を治す疾医、三番目が傷を治す瘍医、とされていたそうだ。父は食医たらんとして、自らも御膳を作っていたのだ。わたしも父の志を継いで、その道を目指そうと思うている〉

　宋源は誇らしげに、しかし小さく眉を寄せて顎を上げた。

　涼介は少し考えて、頷いた。

〈おもしろそうだな。うむ、わたしも習おう〉

その返事に、宋源は〈よし〉と笑顔になった。

〈二人なら教えを乞いやすい。一人だと気が引けてな〉

〈なんだ〉と涼介は笑った。

〈それで誘ったのか。まあいい、わたしもやってみたい〉

笑みを交わして頷き合った。

＊

その状景を思い出しながら、だが、と涼安は思う。あの笑顔とさっきの顔はずいぶんと違って見えた……。

神田の辻を曲がって、涼安は青山の家の戸口に立った。

「先生、おられますか」

返事を待たずに上がり込んで行く。

すぐ隣の部屋から、青山が顔を出した。弟子らもこちらを見る。

「なんじゃ、慌てて」

「すみません、伺いたいことが……」

その強ばった面持ちに、青山は「あちらへ」と部屋を移った。

誰もいない小部屋に入ると、二人は膝を向かい合わせた。

「どうした」

「はい」涼安は上体を乗り出した。

「香原宋源を覚えておいでですか」

「むろんじゃ、熱心な弟子だったからな」

「しかし、三年前にいなくなりましたよね。そのわけはご存じですか」

「うむ、妹御が亡くなって母御が気鬱になったため、国に戻ると言うていたな」

「妹が……そうだったのですか」

「そなたにはなにも話さなんだのか」

「はい、突然、消えたとばかり……あ、ですが、見かけたのです、今日。先生はお会いになってませんか」

「ふうむ」青山は口を曲げた。

「そうか……いや、わしは会ってはおらん。じゃが、昔の弟子から、町で見かけた、という話を聞いてはいたのだ」

「そうでしたか、実は今いるお屋敷に、京から来たという薬膳師が招かれているのです。今日、その顔を確かめたら、その者が香原宋源、に似ていたのです」

「なんと」

青山は腕を組むとうつむいた。ううむ、と唸り声を漏らし、顔を上げる。

「実はな、わしも宋源が京にいる、という話は聞いておったのだ」

「そうなのですか」

「うむ、あやつはもともと西国の出だというのは知っているか」

「あ、はい。それは聞いたことがあります。奥医師をしていたお父上が亡くなって江戸に来た、と」

「ふむ、わしはその父には会ってはおらんが、以前に一時、京で学んでいたらしい。その折に繋がりのあった医者を、宋源は頼って行ったんじゃろう」

「京の医者……」

「そうじゃ、漢方医で御膳も作る男よ。わしも京で修業中に知り合ってな、それなりの付き合いがあったのだ。わしが薬膳という言葉を伝えたら、それはよい、我らは薬膳師と名乗ろう、と言いよった。わしもそれに賛同したんじゃ」

「そうだったのですか、だから京から来た薬膳師と……では、やはり宋源に間違いないのですね」

「間違いなかろう。三年も経つと、多少の面変わりすることもあろうが……そなた、まだ話してはおらんのか」

青山の問いに、涼安は間を置いた。大名家の内輪話をしてもよいものかどうか……。いや、と口を開く。

「実はお屋敷で……」

これまでの経緯を語った。

「なるほど」青山は組んでいた腕をほどいた。

「それで薬膳師を探ったところ、宋源であった、というわけか」

「はい、驚きました、まさか、と」

「うむ、わたしも驚いたわ。して、そのお子の薬膳、どこが悪いと思うのだ」

「それが……匂いと味から、大黄を加えているのではないか、と思ったのです」

「大黄とな、便秘は治るが、そうでない者は、腹を下すだけではないか」

「はい、お子は腹を下していました」

「ううむ、薬膳に大黄を使うなどあってはならないこと、確かなのか」

「そう言われると、わたしも確信はなく……なので、こっそりと覗きに行ったのです」

　涼安の言葉に、青山は眉間に皺を刻んで沈思した。

　それをじっと見つめる涼安を、青山は見返した。

「なれば涼安、そのままもう少し探ってくれんか」

「え……」

「実はな、その京の漢方医も江戸に来ているようなのだ。見かけた、という噂が耳に入ってな。あるいは、宋源とともに参ったのかもしれん」

「江戸に……そのお人はなんという名なのですか」

「鬼ノ倉玄斎という名じゃ。真に江戸にいるのかどうか、知りたい」

　涼安は口中でその名を繰り返した。

「わかりました。わたしはこの先、続けて宋源の意図を調べようと思っています。悪意なのか、ただの見立て違いなのか……」

　ううむ、と青山は眉間の皺を深めた。

「玄斎の所にいたとなると……」

　は、と涼安はその顔を覗き込む。

　いや、と青山は面持ちを弛めた。

「まだ、なんとも言えぬ。ともかく、宋源から玄斎のこともわかるかもしれん。なにかつかんだら、知らせてくれ」

「はい」

涼安は力強く頷いた。

四

「さ、どうぞ」

坂崎がお奈津の部屋に涼安を招き入れた。

「お邪魔を」

涼安はお奈津と鶴丸に向かい合った。

ほう、と鶴丸の顔を見つめて笑みが出る。顔色に赤みが差していた。

「お腹の具合はいかがですか」

「治りました」

鶴丸が答えると母が笑顔になった。

「ええ、御膳を取り替えてから、すっかりよくなりました」

「それはようございました」

頷きながら、涼安は思っていた。となれば、やはり薬膳がよくなかった、ということか……。

「もう、大丈夫でしょうが、これをどうぞ」

持って来た椀と匙を鶴丸に差し出す。以前に出した、蓮と枸杞の実が入った薬膳粥だ。

笑顔で受け取った鶴丸は、さっそく食べ始めた。

母はそのようすを微笑んで見つめる。

粥の湯気を見ながら、涼安はずっと以前の光景を思い出していた。蓮と枸杞の実の粥は、初めて作った薬膳だった。宋源と、互いの味を確かめ合ったことも思い出される。それから、いくども作っては、互いに賞味し合ったものだった。

*

八年前。

いつものように、青山の家にやって来た宋源は、涼介に向かって、にっと笑って言った。

〈昨日、家で薬膳粥を作って、妹に食べさせたのだ。したら、美味しいと言って、おかわりまでしおった〉

あまり笑わない宋源にしては、珍しい笑顔だった。

〈ほう、味がよいと感じるということは、身体に合っているのだな〉

〈いや、わたしの腕が上がった、ということだ〉

胸を張る宋源に、涼介は笑った。

〈わかっている、ちと、意地悪を言ってみただけだ〉

〈なんだ、性根の曲がったやつだな〉宋源も苦笑する。

〈まあ、確かに身体に合わなければ旨いとは思えんからな。紗江は寒証だから、生姜もたっぷりと入れたのだ〉

〈冷えやすいのか〉

〈うむ、冬など足が冷えて眠れんと言うこともある。これから寒くなるから、いろいろと作ってやるつもりだ〉

〈それはよいな。ついでに阿膠も加えてはどうだ。肌が美しくなるぞ〉

阿膠は動物の膠を使った生薬だ。

〈いや〉宋源は顎を上げて横に振った。

〈紗江は肌がきれいだから、無用だ〉

その誇らしげなようすに、涼介は呆れ、小さく吹き出した。そうか、自慢の妹、ということか……。

＊

そのやりとりを思い出しながら、涼安は眉を寄せた。あの妹御が亡くなっていたとは……。

「先生」

呼ばれて涼安は、はっと顔を上げた。

お奈津がこちらを覗き込んでいる。

鶴丸はすでに粥を食べ終えていた。

「ああ、失礼を」涼安は空になった椀を手に取った。

「よく召し上がりましたね」

はい、と鶴丸はもじもじと膝を動かす。

「母上、お庭に出てもよいでしょうか」

見上げられたお奈津は、そっと下げられた簾(すだれ)を開いて外を見た。庭には誰もいない。

坂崎も首を伸ばして見ると、頷いた。

「ええ、よいですよ。なれど、池に近づいてはなりません。それと、どなたかがいらしたら、すぐに戻って来るのですよ」

「はい」

と、鶴丸は出て行く。と、廊下に控えていたらしい女中が、それに付き従った。

お奈津は涼安に向き直った。

「あの、こたびの薬膳は鶴丸が狙われた、ということでしょうか」

「あ、いや」涼安は咳(せき)を払う。

「まだ、そうとは言い切れません。調べて、やっと薬膳師のことがわかった次第です。香原宋源という名なのですが、それは聞かれましたか」

え、と小首をかしげてから、お奈津は頷いた。

「そういえば、そのようなお名を名乗ったような気がします」

「すみません」坂崎が言葉を挟んだ。

「わたしが確かめればすむ話でした」

「いえ」涼安は首を振る。

「まさか、宋源だとは思っていなかったので」

「え、ご存じのお方ですか」

はい、と涼安は小さく頷いた。

「以前に関わりが……ですからなおさら軽々に、御膳の良し悪しを判ずることができないのです。よからぬことをする男ではなかったので。もうしばらく、時をください」

「はい」お奈津が手を握る。

「御膳を取り替えておればよいのですね」

「ええ、このまま続けてください」

頷く涼安に、お奈津はそっと首を伸ばして声をひそめた。

「わたくしは、鶴丸が無事でいてくれさえすれば、それでよいのです。跡継ぎになることなど、望んではいません」

言いつつ、坂崎を見て、肩をすくめる。

そのようすに、坂崎は首筋を掻いた。

「いや、わたしとて、諍いになるようなことは避けたいと……ましてや、鶴丸様の命にまで関わるようなら、跡目争いから退くのが賢明と考えています」

その言葉にお奈津はほっとした面持ちになる。

涼安は目顔で了解を伝えると、「では」と立ち上がった。

廊下に出て、歩き出すと、庭からの声に顔を向けた。

鶴丸と殿がそこにいた。

「父上」

という声に、殿が近寄って行く。

父子の笑い声が庭に響いた。

午後。

涼安は庭へと下りた。

千代丸の姿が見えたためだ。

池の畔には二人の女中が立って、見守っている。が、ちらちらと目を向けながらも、二人はなにやらしゃべり合っている。

涼安は茂みの陰から、千代丸を見つめていた。

宋源は千代丸様にはどのような薬膳を出しているのだろう……。そう考えながら、目で追っていた。千代丸様の薬膳も処方が合わないのであれば、宋源の見立て違い、と判じることができる。しかし、合わないのが鶴丸様の薬膳だけ、となれば、そこに意図が働いている、と考えることもできよう……。

千代丸は以前と同じく、おぼつかない足取りで歩いている。と、その足がこちらのほうへと向かった。

茂み越しに近づいて来る千代丸に、涼安は首を伸ばした。と、千代丸の姿が消えた。茂みを覗くと、向こう側にしゃがんでいる姿があった。

涼安は茂みを回り込んで、千代丸に近づいた。

しゃがんだ千代丸は、地面の蟻を見つめていた。

「蟻ですね」

涼安はそっと声をかけて横にしゃがんだ。

え、とこちらを見る千代丸に、涼安は微笑みかける。

「千代丸様、外は気持ちがいいですか」

うん、と千代丸は頷いた。

涼安はその顔を注視する。顔色も肌艶もよいな、健やかそうだ……。

千代丸は、膝に置いていた手を蟻へと伸ばした。蟻の列を突っついて、散らす。

涼安はその手首に手を伸ばした。

指先でふれると、脈を探る。意外としっかりしているな……。

「なにをしておるっ」

そこに女の高い声が飛んできた。

驚いて振り向くと、打ち掛けを羽織った女人(にょにん)が近寄って来ていた。

「無礼者、離せっ」

裾(すそ)を乱しながら、こちらに来る。

「奥方様」

女中が駆け寄って来た。

涼安は千代丸から手を離し、低頭した。

「失礼いたしました」

奥方の声がさらに高まる。

「千代丸、こちらへ」

傍らの千代丸が立つのがわかった。

涼安は少しだけ、顔を上げた。

奥方の吊り上がった目が睨（にら）みつけてくる。

「そのほう、何者か」

涼安は再び顔を伏せた。

口を開こうとしたそのとき、足音が駆けて来た。

「奥方様」

涼安の横で足が止まり、膝をつくのがわかった。

目を向けると、それは奥野だった。

奥野は低頭して、その顔を上げた。

「この方は、殿がお召しになった薬膳師です」

「殿の……」

奥方の声が小さくなる。

涼安は半分、顔を上げた。

「無礼をいたしました、千代丸様をお見かけして、つい、声をかけてしまいました。お許しを」

ふん、という奥方の鼻息が聞こえてきた。

「気やすく近寄るでないっ」

その言葉と同時に、草履が向きを変えた。

千代丸も手を引かれて、ついて行く。

遠ざかって行く人影に、涼安はやっと伏せていた上体を上げた。

ふう、と息を吐いて、奥野を見る。

「すみませんでした」

頭を下げる涼安を、奥野は覗き込む。

「いえ、なにかありましたか」

「いや、お健やかかどうか、気になったもので、つい」

涼安が言うと、奥野は目をしばたたかせた。

「で、いかがでした」

「はい、お元気でした」

「では、千代丸様の薬膳は合っている、ということですね」

「ええ、そのようです」

「なるほど」

言いながら立ち上がる奥野に、涼安も続く。

並んだ涼安は、横目を向けた。

「しかし、奥方様には驚きました」

奥野が目で頷く。

「あのようなお方ですから、お奈津の方はできるだけ姿を見せないように、気を遣っているのです。まあ、恐れているのは誰も同じですが」

奥野はくるりと屋敷へと身を回した。

「戻りましょう」

ええ、と涼安もそれに続いた。

五

殿に昼の薬膳を出すと、涼安は奥野にささやいた。

「今日は御膳の終わりまでおらずともよいですか。宋源を探りたいので」

奥野も小声で返す。

「ええ、殿には仔細(しさい)をお伝えしてあります。どうぞ、お出になってください」

奥野が目を向けると、殿が目顔で頷き返した。

涼安は殿に低頭すると、静かに部屋を出た。

台所から外へと出て、奥の台所が見える場所まで行く。そこでまた、薪小屋の陰に身を隠した。

しばらく息を潜めていると、勝手口から人が現れた。宋源だ。

裏門へと向かう宋源のあとを、涼安はそっと尾(つ)ける。

門を出た宋源は、東に向かって進んで行く。

涼安は遠目に背中を見ながら、そのあとについた。

宋源のまっすぐに伸ばした背中と速い足取りを見ていると、涼安の脳裏に昔の光景が甦(よみがえ)ってきた。

*

六年前。

青山の家を出た涼安は、前を歩く宋源を呼び止めた。

〈待て〉

走り寄る涼安に、宋源が振り向いた。

〈おう、涼介、ではなくて涼安〉

数日前、ただの弟子から医者見習いに格上げとなった涼介は、青山から涼安の名をもらっていた。が、宋源は宋源のままだった。

涼安は並んだ宋源に、道の端にいる蕎麦の屋台を顎で示した。

〈蕎麦を食べていかないか。腹が減ったし、温まりたい〉

〈ふむ、そうだな〉

二人で屋台に行くと、傍らの長床几に腰を下ろした。

蕎麦をたぐりながら、涼安は宋源に横目を向けた。ずっと気になっていたことがあったからだ。

〈そなた、宋源の名は元服の折から名乗っているのか〉

〈うむ〉宋源は頷く。

〈父からいただいた名だからな。父は源信だったし、祖父は明源であった。曾祖父は源正だったと聞いている。源の字が送り字として受け継がれているのだ〉

〈そうだったのか。代々、医者だったのだな〉

医者は昔、僧侶が兼任する仕事だった。その後、医者は専業の者が増えたが、僧侶のような名を名乗ることが伝統になっていた。

〈しかし〉涼安は声を低めた。

〈なれば、国許で医者を継げたのではないか〉

宋源の箸を持つ手が止まった。そのまま、浮かせた蕎麦を見つめると、ふっと息を吐いて、宋源は横目を向けた。

〈国にはいられなくなったのだ。父は切腹したのでな〉

〈えっ〉と息を呑む涼安から目を逸らし、宋源は言葉を繋げた。

〈だが、あれは濡れ衣であった。父は他の奥医師の失態をなすりつけられて、処罰に追い込まれたのだ〉

涼安は唾を飲み込んで言葉を探すが、出てこない。

宋源は宙に浮いていた蕎麦を勢いよく啜ると、歪めた顔を上げた。

〈ために我が家は国を追われ、江戸にやって来たのだ〉

〈そう、であったか〉

掠れ声の涼安に、宋源は顔を向けた。

〈が、いつか国に戻る。仇討ちのためにな〉

その刺すような眼差しに、涼安は言葉を失った。

思い出しながら歩く涼安は、小さく首を振った。青山の言葉も浮かんだからだ。

〈母御が気鬱になったため国に戻ると言うていた〉

嘘だな、と涼安は胸の内でつぶやく。国に戻るというのは偽りで、京に行ったのだろう……。

＊

先を歩く宋源が辻を曲がった。

間合いを取って、涼安もその辻を曲がる。

宋源は広い道へと進んだ。

その先は広々と開けている。大川（隅田川）だ。

宋源は河口にかかる永代橋を渡って行く。

涼安も橋に足を踏み入れながら、宋源の後ろ姿を見つめた。

お母上はどうされたのか……。そう思いが湧き上がる。

一度、宋源の暮らす家を訪れたことがあった。

八丁堀の町奉行所役人の組屋敷だった。禄の少ない御家人である同心は、屋敷の一部を学者や医者に貸す者が多い。そうした屋敷の一軒に、宋源の一家は間借りをしていたのだ。

出迎えてくれた母御の姿が瞼(まぶた)に甦った。

＊

六年前。

〈まあ、ようこそ〉

手をついた母は、小さく微笑んで、涼安を見上げた。

〈宋源からお名を聞いております。江戸で友ができたと、わたしどももうれしく思うています。これからもよろしくお願い申し上げます〉

上品な女人だった。

座敷に落ち着くと、茶を運んで来たのは妹だった。

〈いらせられませ〉

ほんのりと頰を赤らめて、紗江は茶菓を置いてくれた。

なるほど、宋源が自慢するわけだ……。涼安は目を細めて紗江を見つめた。

どうだ、と言わんばかりの顔で、宋源が見ると、涼安は笑顔で頷いた。

〈兄は〉紗江は笑いを含んだ声で言った。

〈薬膳を作ってはわたくしと母に食べさせるのです。涼安殿もおうちではそうされているのですか〉

ああ、と涼安は苦笑した。

〈そうですね、わたしも父と弟に食べさせてます。ちと、迷惑な顔をされることもありますが〉

〈まあ〉紗江がくすくすと笑った。

〈やはりそうでしたか。なれば、薬膳師の家の者の定めなのですね〉

いやぁ、と涼安が首筋を掻くと、宋源が口を開いた。

〈なにを言う、ありがたいと思うのが筋であろうが〉

はいはい、と紗江は笑いながら、部屋を出て行った。

家を辞するときにも、母と妹は笑顔で見送ってくれた。

門までついてきた宋源に、涼安は言った。

〈よい家でよい暮らしだな〉

まあ、と宋源は眉を歪めた。

〈国を出る際に、幾人かから餞別を受け取ったからな。そのときには情けかと思うたが、あとになってわかった。あれは情けではなく、父を見殺しにした後ろ暗さゆえ、であったのだろう〉

歪めた顔から、涼安は目を逸らした。

〈いや〉と、涼安は言葉をつけ足した。

〈よいご家族だと思うたのだ〉

ああ、と宋源は息を吐く。

〈餞別も底をつきかけているのを察して、母は仕立てを始められたが、なかなかに厳しい。紗江まで、なにか仕事を探すと言い出して困っている〉

ふうむ、と涼安は押し黙った。一家の主としては、苦しいであろうな……。

〈なに、そのうちに医者として稼げるようになる〉

涼安の明るい物言いに、宋源は歪めた顔のまま空を見上げた。

〈うむ、そうなってみせる〉

*

永代橋を渡り終えた宋源は、深川（ふかがわ）の町へと入った。
と、その横顔がこちらを向いた。
目と目が合った気がして、涼安は思わず顔を逸らした。
宋源は左に折れ、人の行き交う細い道を進む。
油堀（あぶらぼり）と呼ばれる堀川を渡り、進んで行く。
右手に見える閻魔堂（えんまどう）には多くの人が出入りしている。
その前を通り過ぎて、宋源は小さな辻を右に折れた。
涼安は間合いを大きく取って、あとを追って行く。
宋源の曲がった辻へと追いつき、右に曲がる。
と、涼安は立ち尽くした。
宋源の姿がない。
しまった、と涼安は唇を噛んだ。

第四章　闇の家系

一

本郷の坂を上って、涼安は家へと向かっていた。

戸口に立つと、

「ただいま戻りました」

と、声を上げながら、中へと入った。

「お帰りなさい」出て来たのは義妹のお信だった。

「お父様は染井村にお出かけなんですよ」

「そうか、いや、枸杞の実を取りに来ただけだからよい」

言いつつ、奥の部屋へと向かう。

「まずは線香をあげたい」

日の差し込む部屋で、涼安は仏壇に向き合った。

庭で摘んだ花が生けられているのを見て、お信ちゃんだな、と涼安は目を細めた。以前は母の位牌の後ろに置かれていた姉の位牌が、今は横に並べられている。

お信がそこに火種を持って来た。

「おう、かたじけない」

涼安は線香に火をつけると、香立てに差した。

昨日、宋源の妹を思い出したせいで、姉のことも胸に浮かんで消えなくなっていた。

手を合わせると、横に並んだお信も続いた。

「妙様はよい姉様だったそうですね」

お信の言葉に、涼安は目を宙に浮かせる。

「うむ、朗らかな人だったのだ、もともとは……」

その目を庭へと向けた。

姉の顔が思い出される。が、別れ際のその顔からは、いつもの笑みが消えていた。その姿が甦り、涼安は位牌に向き直って瞑目した。

*

十年前。

御徒組屋敷から小普請組の屋敷に移ってすぐのことだった。

〈妙の縁組が決まりました、相手は三千石の旗本で……〉

涼介はそう母から聞かされた。

母と姉が着物を縫う部屋で、涼介は二人の手元を見た。

〈お嫁入りに持参されるのですね〉

弟の明るい声に、妙の手が止まった。

〈お嫁入りではありません〉

そう言うと、姉は部屋を出て行った。

戸惑う涼介に、母が顔を伏せたまま口を開いた。

〈お相手には奥様がおられるのですよ〉

〈え……では……〉

〈嫁ぐ、ということにしてありますが、側室ということです〉

そうだったのか、と腑に落ちた。御家人の娘が大身の旗本に嫁ぐと聞いて、不思議な思いをしていたからだ。

〈それで……姉上は……〉

母は目だけを上に向けた。

〈旦那様の上役であったお方のお口利きなので、断ることはできぬのです〉

針を動かし続ける。が、大きく息を吐いた。

〈無役の御家人の娘など、よい縁談など望めませんからね、よいお話です〉

言いつつも、母の眉間は狭まっていた。

妙が屋敷を出る日にも、母はその眉間のままだった。それから、母はますます寝込むことが多くなった。

父が御家人株を売ったのは、それからしばらくしてからだった。

本郷の貸家に移ってから、父は幾人もの医者を呼んだ。が、母は甲斐なくその翌年、旅立って行った。

葬儀の際にも、妙は戻ってくることがなかった。

戻って来たのは、その一年後。旗本の屋敷からの使いが、〈引き取れ〉と言ってきたときだった。

父は渡された書状を震える手で持ち、息子らに見せた。

〈妙が病で亡くなったそうだ〉

兄弟は言葉をなくし、ただ顔を見合わせるだけだった。

屋敷に行くと、裏から出されたのは棺桶(かんおけ)だった。

荷車に積んで、父と兄弟の三人で寺に運んだのは冬の日だった。

焼く前に、涼介は棺桶にかけられた縄に手を掛けた。

〈真(まこと)に姉上なのか、確かめましょう〉

そう言って、幾重(いくえ)にも縛られた縄を脇差しで切った。

蓋(ふた)を開けると、そこにいたのは確かに妙だった。が、顔は腫(は)れて色が変わっていたのだ。

〈これは……〉

息を呑み、声を詰まらせ、三人は顔を見合わせた。

弟の栄介はぼそりとつぶやいた。

〈母上が見ずにすんでよかった……〉

父は〈すまぬ〉とその場に崩れ落ちた。

＊

その状景が甦り、涼安は瞑目していた目を開いた。

いつの間にか、お信はいなくなっていた。

くっと、息を吐いて、涼安は拳を握る。

足音を立てながら、涼安は自室へと向かった。

薬棚を開けて、赤い枸杞の実を取り出すが、勢い余って、散らす。

くそっ、と声を漏らすと、涼安は拳で畳を叩いた。

そこに足音が近づいて来た。

「兄上」顔を覗かせたのは栄介だ。

「お戻りだとお信が知らせてくれて」

ああ、と涼安は枸杞の実を包むと、立ち上がった。

「だが、もう行く」

「え」と目を丸くする弟に、涼安は歪んだ笑いを向けた。

「すまんな、道場に行きたくなったのだ」

高い足音を立てて、外に出た。

勢いのままに坂道を上って、涼安は湯島を目指す。

妙の死後、毎日、通った道だ。

大声を上げ、剣を振り回さずにはいられない日々だった。

ふっと、涼安は苦笑を噛みしめた。

姉上のことを思うとじっとしていられない……これは日を経ても変わらない、ということだな……。

道場が見えてくると、足は速まった。

「ごめん」

飛び込むと、信吾が振り向いた。

「おう、来たな」

信吾の笑顔に、少し肩の力が抜ける。

「うむ、相手を頼む」

「望むところだ」

信吾が襷（たすき）を投げて寄越す。

涼安はそれで袖（そで）をからげると、ぎゅっと縛った。

二

昼の御膳を殿がゆっくりと口に運ぶ。

涼安はいつものように、それを目で追っていた。

「ふむ、これはなにか」

殿が団子をつまみ上げてまじまじと見つめる。

「鰯のつみれです。梅干しを叩いて生姜とともに練り込んであります。どちらも体を温めますので」

魚屋の桶から、家臣用の鰯をもらった物だった。

ほう、と殿は口に入れ、じっくりと嚙む。

「鰯というのもなかなか味わい深いな」

「はい、下魚(げざかな)と言われていますが、身体によいのです」

魚は上中下に分けられ、鰯や秋刀魚(さんま)、鯖(さば)などは下とされている。身分の高い人は鯛や鱚(きす)、鰆(さわら)や鯉(こい)などの上の魚か、せいぜい中とされる平目(ひらめ)や鯵(あじ)、蛸や鰻などどまでしか食べることはない。下魚は庶民の食べ物だった。

「ふむ、これからは鰯も出すように言うておこう」

殿は言いながら、涼安に目を向けた。

「ちと、不思議に思うたのだが、薬膳を食べるようになって具合がよくなったのは確か。しかし、医者には病はない、と言われていたのだ。実は病があった、ということなのか」

「いえ」涼安は膝を回して、殿へと向き直った。

「未病をよくするのです」

「未病とな」

「はい、未だ病ならざる、という言葉で、漢方で使われているのです。病には至っていないが不調があり、そのまま放置すれば病となるやもしれない、というようすを言います」

「なるほどのう。それを上手い具合に整える、ということとか」

「はい。薬膳にはその効き目があるのです」

低頭する涼安に、殿が頷く。

「ふむ、ようわかった。鶴丸も元気が戻ったのは、涼安殿のおかげと聞いておる。礼を言うぞ」

「いえ、薬膳師の務めでございますれば」

涼安は顔を上げると、小さく胸を張った。

自室に戻って文机に向かっていると、障子の向こうからそっと声がかかった。

「涼安先生、おられますか」

坂崎の声だと分かって、涼安は自ら障子を開けた。

「どうぞ」

「では」と入って来ると、坂崎は間合いを詰めて向かい合った。

「実はお奈津の方のことで……昨日からお腹の具合が悪いと、先ほど相談されたのです」

「お腹……下り腹ですか」

「そのようです」

眉を顰める坂崎に、涼安は腕を組んだ。

「鶴丸様の薬膳を召し上がっているのですよね」

「はい、ご自分の御膳から、鶴丸様におわけして、薬膳はお奈津の方がすべて召し上がっておられます」

「ふうむ……では」涼安は腕をほどいた。

「夕餉の膳には手をつけずにお待ちください、とお伝えください。わたしが御膳を確かめますので」

「はい、では、夕餉の際に、また呼びに参ります」

坂崎はそう言うと、そっと出て行った。

涼安は立ち上がると、部屋の中を行きつ戻りつしながら、考え込んだ。

夕刻。

呼びに来た坂崎について、お奈津の部屋へと行った。

部屋には膳が運ばれていた。

が、鶴丸の姿はない。隣の部屋から、女中らしき声と鶴丸の笑い声が聞こえてきていた。

涼安は持参した匙を取り出すと、鶴丸の御膳に向き合った。

首を伸ばして鼻を動かすと、煮物が盛られた小鉢を手に取った。

海老のすり身を丸めて揚げた、海老しんじょを煮た物だ。

これは、と眉を寄せ、煮汁を匙で掬う。

それを口に含むと、やはり、とつぶやいた。

「これは食べずに捨ててください」

「え、では……」

お奈津が頬を引きつらせる。

涼安は目で頷いた。

「今後、煮物には手をつけずに捨ててください。煮物は味付けが濃いので、大黄が混ぜられているのだと思われます。大黄はお腹を下すのです。おそらくこちらの薬膳師は、鶴丸様のお元気な姿を見て効いていないのかと思い、量を増やしたのでしょう」

「なんと」坂崎が膝の上で拳を握る。

「では、鶴丸様の命を狙ったということか」

「いえ、これで命までは……ですが、具合を悪くすることはできます」

涼安の言葉に、坂崎は拳を振り上げた。

「具合が悪くなれば、身体が衰え、ほかの病にかかりやすくなろう。命が脅かされる事態にならぬとも限らないではないか」

その言葉に、お奈津の唇が震える。

「なんという……」

胸の前で組んだ手も、ぶるぶると震え出す。

「坂崎殿」その顔を向けた。

「わたくしはもう、耐えられません。鶴丸とこのお屋敷を出ます」

「え、いや……」

狼狽(うろた)える坂崎に、お奈津は首を振る。

「ずっと考えていたのです。鶴丸を出家させます。わたくしも出家してついて行きます。そうなれば、もう跡目争いとは無縁となりましょう。命を狙われることもなくなるはずです」

「ううむ……」

坂崎は口を動かすが、言葉が出てこない。

涼安は黙って、背筋を伸ばしたお奈津の姿を見つめた。気丈(きじょう)なお方だ……。

坂崎は顔を伏せて拳を握るが、やがてその顔を上げた。

「わかりました。わたしとしては鶴丸様に期待をしていましたが、御身(おんみ)を害されるようなことがあっては元も子もなきこと……鶴丸様を推してきた人らを説得いたします」

ええ、とお奈津は強(こわ)ばらせていた顔を少し弛(ゆる)めた。

「わたくしはなんとしても、鶴丸を守ります」

「はい」と坂崎がうなだれる。

「わたくしから折を見て、殿にお願いします」

「ええ、ぜひ」

お奈津は堅く拳を握ると、顔を上げた。

坂崎がちらりと涼安を見る。その目は、このこと内密に、と語っていた。

涼安は目顔でそれに頷いた。

三

昼の薬膳を早めに作り終えると、涼安は台所役の浜田を呼んだ。

「冷めないように保ち、盛り付けていただきたいのだが、頼んでよろしいか」

「ええ、それはもう」浜田は誇らしげな顔になる。

「わたしどもからお出ししてもよろしいのですか」

「それもお願いします、奥野殿には話を通してあるので。わたしは出かけなければならぬ用事があるゆえ」

「わかりました、お任せください」

胸を叩く浜田に頷いて、涼安は襷を外した。袖を戻しながら、奥の台所のほうに顔を向けた。今頃、宋源は薬膳を作っているはずだ……。

自室に戻ると、大小の刀を腰に差し、表門から屋敷を出た。

町を抜け、涼安は大川へと出た。

深川へと続く永代橋に足を踏み入れる。先日、宋源のあとを尾けて渡った橋だ。

宋源が曲がった辻を、同じように左に曲がる。

先日、歩いた通りに道を進むと、閻魔堂が見えてきた。

多くの人に交じって、涼安はその山門をくぐった。皆、本堂や閻魔堂に進んで、手を合わせている。

涼安は門の内側に佇むと、そこから道を眺めた。おそらく、と思う。宋源は深川に住んでいるのだろう……もしかしたら、鬼ノ倉玄斎の手がかりもつかめるやもしれん……。

山門の内側には、待ち合わせをしているのか、他にも立っている男や女がいる。出入りする人々は、誰も目を向けない。

腕を組んでじっと立ちながら、涼安は思い起こしていた。宋源はある日突然、青山の家に姿を見せなくなった。青山もなにも言わなかったため、涼安は問うこともしなかった。なにか、青山の怒りに触れることでもしでかしたか、と考えたためだ。しかし、と涼安は空を見上げた。妹が亡くなっていたとは……。茶菓を持って来た紗江のはにかんだ笑顔が思い出される。

いや、と涼安は、仰いでいた顔を振って元に戻す。道に目を向け、行き交う人々の姿を追う。

賑やかに話し、笑い合いながら、人が通り過ぎて行く。

はっと、涼安は目を見開いた。と、同時に山門の陰に身を隠す。

顔だけを出して、そっと外を覗いた。

宋源が歩いて来ていた。

閻魔堂には目を向けずに、道を進んで行く。

通り過ぎてしばらくの間を置き、涼安は道に出た。

背中を捉え、あとを追う。

宋源は仙台堀川を渡って進んで行く。

しばらく行くと、右へと曲がった。

涼安も間合いを取ったまま、その辻を曲がった。

道の先には長い塀が続いている。

寺町だ。過去、いくども起きた大火で焼けた寺が、多く深川に移って寺町が出来上がっていた。

いきなり人通りが減って、涼安はさらに間合いを広げた。

先を行く宋源が小さく顔を動かす。

涼安は塀に身を寄せて、顔を伏せた。身を隠す場所はない。

そっと窺(うかが)うと、宋源はそのまま進んでいた。

ゆっくりと、その後ろ姿を尾ける。

と、宋源が曲がった。

寺の山門に入って行く。

む、と涼安は間合いを詰める。まさか、気づかれたか……。

寺には裏門を構える所も少なくない。抜けられれば見失うことになる……。その焦(あせ)りで、足が速まった。

山門に近づくと、いきなり目の前が光った。

刀が振り出されたのだ。

息を呑んで足を止めると、右手に剣を持った人の姿が現れた。宋源だった。

「そなたであったか」

宋源は切っ先を涼安に向けた。その鼻筋を歪めると、ふっと笑いを漏らす。

「先日はすぐにわかったが、今日はしてやられたな。この手前まで気づかなかったわ」

宋源が両手で剣を持ち直す。

涼安も柄(つか)に手を掛け、鯉口(こいぐち)を切った。

宋源は歪んだ笑いを見せた。

「そなたが屋敷にいるのは知っていた。清河涼安という薬膳師が殿の御膳を作っている、とな」

「そうか」涼安は正面から向き合った。

「わたしも奥に薬膳師が雇われたとは聞いたが、まさかそなただとは思わなかった。おまけにあのような薬膳と作るとは……」

ふっ、と宋源は鼻を鳴らす。

「やはり、気づかれていたか。効いておらぬのかとも思うたが」

「なぜだ」涼安は一歩、踏み出した。

「薬膳は命を養うものと、教わったであろう」

「ふん、養うことができれば、害することもできると気づいたのだ」

宋源も半歩、踏み出す。

と、その顔を寺の内に向けた。

山門の内側から、

「なんや」

高い声が響いた。現れたのは、羽織袴の細身の男だ。

頭が白い。白髪を肩の上で切りそろえた蓬髪だ。その後ろには、若い総髪茶筅髷の男がついていた。

深い皺を動かして、白髪の男は涼安を見、その目を宋源に向けた。

「誰や」

「あ」宋源は片目を歪めた。

「この者は、青山先生の弟子で薬膳師なのです」

「ほう、青山の」眼だけを動かして、涼安を見る。

「なんや、江戸の侍は荒っぽい気ぃやなあ」

この男……と、涼安はじっと男を見た。

「玄斎先生」宋源は横目を向けた。

「すみません、この者に、薬膳の仕込みを気づかれてしまったのです」

やはり、鬼ノ倉玄斎か……。涼安は唾を飲み込んだ。

「ほう」玄斎は白い眉を寄せた。

「ほな、しかたありまへんなぁ」

玄斎は後ろに控えていた若者を見た。

「勝玄、斬ってしまいなはれ」

若者はするりと前に出ると、脇差しを抜いた。

なんだと、と涼安もすぐさま長刀を抜いた。

勝玄は腕と足を大きく広げ、上体を低くする。と、脇差しを胸の前で水平に寝かせた。

なんだ、この構えは……。涼安は息を呑んで、刀を正眼に構えた。

勝玄は眉一つ動かさずに、足でにじり寄ってくる。

涼安は柄を握りしめた。

互いの目が、宙で絡み合う。

勝玄の顔は、能面のように無表情だ。

む、と涼安は唇を噛みしめた。この男、気が読めん……。

はっ、と息を吐く音がして、勝玄が踏み込んだ。

刀を回すと脇に構え、突きの体勢になる。

涼安は身を横に躱し、柄をくるりと回した。

刀を振り上げ、勝玄の肩に峰を打ち込んだ。

ぐっと、勝玄の喉が鳴る。が、その顔がゆっくりと向けられた。表情がまったく変わっていない。

涼安は、その顔を見返す。なんだ、こやつ、痛みを感じないのか……。

勝玄がじりじりと向きを変えた。

涼安もつま先を動かす。

が、そこに舌打ちが鳴った。玄斎が境内に顔を向けていた。

足音が駆け寄って来る。

「なにごとですか」

出て来たのは、墨染めの袖を揺らした僧侶だった。

立ち止まった僧侶は、荒い息で顔を巡らせた。

「小僧が山門で斬り合いをしていると……」僧侶は眉を吊り上げる。

「まさか玄斎先生とは……どういうことですか」

「いやぁ」玄斎は薄ら笑いを浮かべた。

「うちの弟子が荒っぽいお侍に絡まれましてな、難儀しとったところですわ」

涼安は「えっ」と刀を下ろす。

見ると、勝玄も宋源もすでに刀を鞘に納めていた。

僧侶は涼安を睨みつけた。

「お寺の門前で刀を振るうなど、無礼千万。お役人を呼びますぞ」

いや、と涼安は刀を鞘に戻す。

「失礼を」

玄斎が顎を上げて、笑った。

「江戸のお人は気ぃが短いとは聞いてましたけど、ほんまですなぁ」

なんという言いようだ……涼安が睨むと、玄斎はくるりと背を向けた。

「さ、戻りまひょ」

勝玄もそれに続く。

宋源はそのあとにつきながら、顔を振り向けた。

「戻れ」

そう言うと、なにごともなかったかのように、寺へと入って行く。

くっ、と息を吐いて、涼安はそれを見送った。

足で、地面を二度、蹴った。

四

神田の道を駆けて、涼安は青山の家に飛び込んだ。

「先生」

返事を待たずに上がって行く。

診察部屋にはいない、講義もしていない。廊下には生薬(しょうやく)の匂いが漂っていた。

奥の薬部屋にその姿があった。

「なんじゃ」

薬研車(やげんぐるま)を回していた手を止めて、青山は顔を上げた。薬研は深い器に生薬を入れ、車で磨(す)り潰(つぶ)す道具だ。

車から手を離した青山の横に、涼安は滑り込んだ。

「鬼ノ倉玄斎に会ったのです」

む、と青山が膝を回した。

「やはり江戸に来ていたのか」

「はい、宋源のあとを追ったところ……」

深川での出来事を話す。

「どうも、その寺に住んでいるようなのです」

「ふうむ、離れでも間借りしているのやもしれんな」

顎を撫でる青山に、涼安は膝で擦り寄った。

「玄斎という男、何者なのですか。ただの医者や薬膳師とは思えません。あの人を人とも思わぬふるまい……あのような者とは、会ったことがありません」

ううむ、と青山は顔を歪めると、声を低めた。

「鬼ノ倉家は何百年、いや下手をすれば千年続く家系だと聞いている」

「千年……医者としてですか」

「医者と言えば聞こえはよいがな……話から察するに、闇の依頼を引き受けてきたようじゃ」

「闇、とは」

「毒を盛る、ということよ」

「毒」涼安は息を呑み込んだ。

「毒殺ですか」

「うむ、古来より、毒殺は珍しいことではない。漢の国では附子（鳥兜）や雄黄（砒素）などがよく使われたそうじゃ。本草学でも毒薬はたくさん伝えられているであろう。まあ、毒は薬にもなるからな、知るべき知恵でもある」

「はい、毒を知らねば、良し悪しを分けることもできませんし」

「そうじゃ、だが、悪意を持って毒を使う者は昔からいた、ということよ。隣の朝鮮の王宮では、箸や器に銀を使っているという。毒が入れられておれば、色が変わってすぐにわかるからじゃ」

「なんと……いやしかし、我が国でも、毒殺された武士の話が伝わっていますね。足利直義は毒を盛られたとか、土岐頼純は斎藤道三に毒殺されたとか……」

「そうよ、武士だけではない、古く奈良に都があった頃にもあるわ。井上皇后や他戸親王は、幽閉されて同じに日に亡くなっておるゆえ、毒を盛られたであろうと言われておる。千年よりもっと昔から、行われていたんじゃろうて」

顔を歪める青山に、涼安の顔もつられた。

「では、鬼ノ倉家はそれを請け負ってきた家なのですか」

「そういうことであろう、毒を扱うには、まず知らねばならぬ。そして、上手く使うには技がいる。誰にでもできることでないからな。それに加え、鬼ノ倉家では何代か前に、唐人から養生の膳を教わったのだと、玄斎は話しておった。それも代々受け継いでおるようじゃ」

涼安は唾を飲み込んだ。

「なるほど、御膳を作れば毒を盛る機がたやすく得られる、というわけですね。御膳作りがよい隠れ蓑になる、と」

「うむ。毒まで使わずとも、身を害する薬膳を長く出せば、弱らせることができるからな」

「では……宋源はそれを知った上で鬼ノ倉玄斎に弟子入りした、ということでしょうか」

「おそらく」青山が目で頷く。

「京の医者のあいだでは、鬼ノ倉の名が通っている。闇の家系、としてな。特に御所や公家、大名家などに出入りする医者にはその名を知る者が多い。宋源の父は京で修業をしておったそうじゃから当然、知っておったろう。そして、それを息子が聞いていたとしても不思議はない」

なぜ、と涼安の口からつぶやきが漏れる。

「なにゆえに、宋源はそのようなことを……」

「さあて、それはわしにもわからん」

青山は眉間を狭めて天井を仰いだ。と、その顔を戻した。

「なれば涼安、その寺の場所を教えてくれ。玄斎に会いに行く」

「いや、だめです」

涼安は手を上げた。

その勢いに驚く青山に、涼安は膝で擦り寄った。

「玄斎には、不穏な者がついていたのです。勝玄という名で、若いのになんともいえぬ気味の悪さで、斬れと言われて、なんのためらいもなく、わたしに刀を向けて……」

「なんと、刀を」

「はい、弟子のようでした」

「ふうむ、弟子か……いや、息子かもしれんな」

「息子」

「ああ、玄斎には跡継ぎがいて、わしも会ったことがある。じゃが、妾も多くて、子も多いと聞いている。そのうちの一人やもしれん」

涼安は勝玄の顔を思い出していた。そういえば似ているかもしれぬ……。

「しかし、先生、宋源もそれを見ていて、止めもしなかったのです。ですから、先生お一人で行かせるわけにはいきません。わたしも行きます」

ふうむ、と青山は頷いた。

「わかった、では頼む」

「はい、では明日、参りましょう。お迎えに上がります」

「うむ」

青山は口をへの字にしながら頷いた。

屋敷に戻り、夕餉の薬膳も出し終えた涼安は、自室に戻った。昼間の出来事のせいで、まだ気が昂ぶっていた。

「先生」

障子越しに声がかかった。

「奥野殿か、どうぞ」

は、と障子が開いた。

「殿がお召しです。お運びを」

殿が、と小首をかしげつつも、涼安は立って奥野に続いた。

部屋に行くと、そこには坂崎も控えていた。

正面で低頭すると、殿の宗盛は、

「近うに」

と、手で招いた。

奥野と坂崎も膝行して間合いを詰める。

宗盛が低い声を涼安にかけた。

「鶴丸に毒が盛られたと聞いたが、真か」

え、と涼安が横目を向けると、坂崎が小さく目配せした。告げた、とその目は言っていた。

「いえ」涼安は殿を見上げる。

「大黄が加えられていたのは真ですが、毒というほどの物ではなく、お腹の通りをよくする物です。それによって肌荒れが治ったり食が進むなどのよい効き目もあるのです。ただ……健やかな人はお腹を下しますので、避けるべきかと」

「ふうむ、では、なにゆえにそれが鶴丸の膳に使われたのだ」

涼安はぐっと、唾を飲み込んだ。

「実は、その薬膳師と話をしたのですが、意図を持って使ったようでした」

「やはり」坂崎の声が割って入った。

「その者、御家老が雇われたと聞いています。御家老に問い質すべきかと存じますが」

顔を上げた坂崎に、殿は小さく首を振った。

「軽々に物を申すでない。問うたところで知らぬ、と言われればそれまで。なにより、ことを荒立てれば尾を引くものだ。そこによいことは生まれぬ」

は、と坂崎は顔を伏せた。

奥野は顔を伏せたまま、口を開いた。

「御家老のご意向ばかりとも限りませんし」

涼安はちらりと見る。そうか、奥方様の影もあるのだな……それこそ、大ごとになる……。

「ああ」宗盛は息を吐いた。

「さよう、ゆえにわたしが折を見て家老に言うことにする。千代丸も元気になったようであるし、薬膳師はもうよかろう、とな」

「はっ」

奥野と坂崎の返事が揃った。

「だが」宗盛が涼安を見た。

「そうなれば、こちらの薬膳師だけを置いておくわけにもいかぬ」

「はい」涼安は顔を上げた。

「わたしも辞することにいたします。お殿様のお加減もよくなられ、わたしもそろそろ暇（いとま）を考えておりましたので」

半分は本当だったが、半分は殿への気遣（きづか）いだった。

「さようか、すまぬな」

殿は涼安の心中を察して、目を細めた。その目を宙に浮かせる。

「わたしも配慮が足りなかったのだ。鶴丸は言葉が早く、面白いことをいう子であった。その賢さゆえ、ついかわいがりすぎてしまったのだ。それが奥や家老に気を揉（も）ませることになったのであろう」

奥野と坂崎が目を合わせる。

「あの」坂崎が顔を上げた。

「お奈津の方は、殿に折り入ってご相談したきことがある、と仰（おお）せでした」

ほう、と宗盛は頷く。

「では、明日にでも話をしてみよう」

はい、と坂崎はゆっくりと頭を下げた。

あのことか、と涼安は胸の内でつぶやいていた。

五

朝の膳を片付けて、涼安は廊下に出た。と、宗盛の後ろ姿が見えた。奥へと歩いて行く。やがてお奈津の部屋の前で足が止まった。下げられている簾(すだれ)が上げられ、中へと入って行く。半分開けられていた障子が閉められた。

いよいよ、出家の話だな、と涼安はお奈津の顔を思い浮かべた。うまく話ができるだろうか……。

見つめていると、障子が開いた。

鶴丸が出て来て、勢いよく庭へと下りる。そのあとを、奥女中が追って行く。走り出す鶴丸の姿に、涼安も庭に下りた。

隅を歩きながら、池のほうへと行く鶴丸を追った。

回り込んで近づくと、茂みの影から鶴丸の姿を見つめた。

うむ、と涼安は目を細める。お顔の血色がよい、身のこなしも力強い、これならもう心配はいらぬな……。

「あ」と鶴丸は顔を上げた。

頭上に揚羽蝶(あげはちょう)が舞っている。

飛んでいく蝶を、鶴丸が追って走り出す。

「あ、そちらは……」

奥女中もあとを追って行く。

涼安は顔を向けた。

鶴丸が走って行く先は、くの字に曲がった廊下の突き当たりで、屋敷の最も奥まった部屋だ。

大きな御簾(みす)が下げられている。

鶴丸は蝶を追って行く。それに続く奥女中は、足を取られて転んだ。

涼安はあわててそちらへと駆け寄った。

「大事ないか」

起き上がる奥女中に手を貸しながら、涼安は鶴丸を見た。

蝶は野菊の花にとまっており、鶴丸はしゃがんでそれを見ている。

涼安はそちら寄って行くと、隣にしゃがんだ。

「鶴丸様は虫がお好きですか」

「うん」

鶴丸が笑顔で頷く。

と、蝶が舞い上がった。ひらひらと飛んでいく。

鶴丸はそれを追って、また走り出した。奥女中もついて行く。

振り向いてそれを見ながら、涼安はふと耳を屋敷に向けた。

御簾の内から声が聞こえてくる。

「殿はこちらにも参るのか」

奥方の声に奥女中らしい女の声が答える。

「いえ、その先触れはまだ……」

涼安はそっと屋敷を見上げると、顔を巡らせた。長い廊下が見渡せた。そうか、ここから、お奈津の方の部屋が見えるのだな……。

「姫はおるか」

奥方の声が響く。

間をおいて、声が続いた。

「千代丸を連れて、父上をこちらに呼んで参れ」

人の動く気配が立った。

涼安は茂みに身を寄せて、息を潜めた。

御簾の上がる音に続いて、小さな足音が二つ、廊下に出てくるのがわかった。

そのまま廊下を進んで行く。と、足音が止まった。

千代丸の声が上がる。

「兄上が蝶を捕まえました」

涼安が庭を見ると、鶴丸が蝶を捕らえていた。

「兄上ではない」少女の高い声だ。

「卑(いや)しい生まれの者を兄と呼んではならぬ」

再び足音が立った。

涼安はそっと首を伸ばした。

千代丸の手を引いて、姫が廊下を進んで行く。

卑しい生まれか、と涼安は唾を飲み込んだ。旗本の娘でもそのような扱いになるとは、血筋を誇るお人は違うな……そうか、それゆえに、跡継ぎの座は決して譲れぬ、ということか……。

涼安はそっと茂みを離れ、立ち上がった。子は親の鏡というからな、日頃からそう教えられているのだろう……。胸中でつぶやきながら、隅を通って屋敷へと戻った。

午後。

青山と連れだって、涼安は永代橋を渡った。

深川の寺町に入ると、涼安は腹に力を込めた。

辿(たど)り着いた山門を仰いで、涼安は師に頷く。

「ここか」

青山はつかつかと入って行く。

境内を見回しながら進むと、庭の隅に建つ離れが目に入った。

青山はそちらに向かいながら、涼安を振り返った。

「玄斎は京でも寺の離れで暮らしておったんじゃ」

へえ、と涼安は師の後ろを歩きながら、離れを見た。窓辺で人影が揺れ、すぐに消えた。

誰だ……。息を詰める。
戸が開いた。
出て来たのは勝玄だった。
外に立つと同時に、脇差しを抜く。また、上体を低くする構えを見せた。
涼安は師の前に飛び出すと、鯉口を切った。
無表情の勝玄と目を交わす。
と、戸口から声が立った。
「やめなはれ」
出て来たのは玄斎だ。
勝玄の横に立つと、その肩に手を置いた。
「境内で抜刀してはあかんいうたやろ」
勝玄は身を起こすと刀を納める。
さ、と玄斎は顎をしゃくった。
「中に入りなはれ」
ぽん、と背中を押すと、勝玄は黙って離れの中に戻っていった。
「いやぁ」玄斎が口元だけの笑顔を向けた。

「どちらはんかと思えば、青山はんでしたか。お久しゅうおすな」

「うむ」青山が一歩、踏み出す。

「玄斎殿は変わりませんな」

「へえ、おかげさんで。ああ、宋源なら出かけて、おらんのですわ」

「いや」青山がまた一歩、寄る。

「玄斎殿に会いに参ったのだ」

「へえ、そりゃ、おおきに」口だけの笑いを深めると、離れを目で示した。

「お上がりなはれ、と言いたいとこやけど、中が取り込んでましてな。そら、そちらさんとの騒ぎで……」玄斎は涼安を見た。

「坊さんから出て行ってほしいと、と言われてしまいましたわ」

歪めた目に、涼安は、くっと喉を鳴らした。

斬れ、と勝玄をたきつけたのはそちらではないか……。喉に出かかる言葉を呑み込んで、涼安は玄斎を睨めつけた。

「おお、こわ」玄斎は歪んだ口で笑う。

「江戸のお侍は気ぃが短うてかないませんわ」

言いながらくるりと背を向けた。

「まあ、ここではなんやから、向こうへ行きまひょ」

墓地へと歩き出す。

それに続く青山に、涼安も黙ってついた。

さほど広くはない墓地に、玄斎は入って行った。

大小の墓石が並び、五輪塔などもある。

それを見渡しながら、玄斎は口を開いた。

「陰宅（いんたく）はいいもんや」

その言葉に、涼安はつぶやく。

「陰宅？」

ああ、と青山は振り向いた。

「漢の国では墓のことを陰宅というんじゃ」

「へえ……なるほど、死者の家だから陰宅ですか」

涼安の言葉に、青山は小さく頷く。

玄斎は手を上げて回した。

「静かでよろしいやろ。生きてるもんの町は、騒々しゅうてかないまへんわ。金だ権勢だ色だと、人いうんは欲が尽きることを知らんのや。そないなもんを、やっと捨てることができるのが命の終わりや。人は死んでから初めて、安穏になれるんや」

玄斎は立ち止まると、二人に振り返った。

「人いうのんは、業の深い生きもんや。そう思わはりませんか」

青山は答えずに、立ち止まった。

「玄斎殿、なぜ江戸に参られた」

ふん、と玄斎は顔を前に戻す。

「まあ、呼ばれれば、たいがいは行かななりまへん」

「江戸で仕事を頼まれた、ということですかな」

青山が声を重くする。

あ、と涼安は唾を飲み込んだ。そうか、江戸から毒殺の依頼を受けた、ということか……。

玄斎は背中を見せたまま、歩き出す。

「青山はんは、診た病人のことを人に話さはりますか。しまへんわなぁ。医者は相手の秘密を守るんも仕事のうちや」

青山はその背中に寄って行く。

「わかった、だが、宋源は巻き込まんでくれ」

おや、と玄斎は止まって顔を振り向けた。

「宋源は青山はんを離れて、今はうちの弟子や。口を挟まはるんは、筋と違う思いますけどなぁ」

ぐっと、息を呑んで、青山は一歩踏み出した。

「しかし、我が弟子であった月日のほうが長い。宋源には、正道を歩んでほしいのだ」

はあ、と玄斎はくるりと身体を回した。

「いやぁ、そないな言われようをされるとは……まるでうちが邪道みたいに聞こえますなあ」

歪めた目で笑う。

青山は眉を吊り上げた。

「ほう、まるで違うみたいに聞こえますな」

涼安は息を詰めて二人を見た。

しんん、と張り詰めた気を破ったのは玄斎の笑い声だった。

ほっほっ、と高い声が上がる。

「これはこれは、青山はんは相変わらずや」

言いながら、顔を巡らせる。と、笑いを納めて片目を歪めた。

その目を追って、涼安が振り向くと、墓地の入り口に僧侶の姿があった。こちらを見ている。

「こらあかん、また坊さんに叱(しか)られますわ」

玄斎が歩き出す。青山の横をすり抜けざまに、その肩にぶつかると、小さく振り向いた。

「ま、宋源のような未熟もんに手伝わせるようなことはようせんさかい、安心しなはれ。せやけど、これ以上の口出しは無用や。ほな」

口元の笑いを見せると、すたすたと歩き去った。

墓地を出る後ろ姿を見送りながら、涼安は傍(かたわ)らの青山を見た。

「ああいうお人でしたか」

「うむ」青山は拳を握った。

「変わっておらん。いや、むしろ磨きがかかったようじゃ」

握った拳が振り上げられた。

六

二日後。

夕刻の裏門を、涼安は急いで出た。

夕餉の際に奥野が言った言葉のせいだ。

〈奥の薬膳師が今日で辞めるそうです〉

ほう、と殿は目を動かした。

〈こちらからは、まだなにも言うておらぬのに〉

なんと、と涼安は拳を握った。

殿の御膳がすむのを待って、涼安は屋敷を飛び出していた。

町に出ると、道を急いだ。

出がけに奥の台所を覗いたら、すでに宋源の姿はなかったからだ。

話をせねば、と涼安の胸は焦りで揺れていた。

永代橋を目指して道を進んだ涼安は、あ、と声を漏らした。道の先に、宋源の後ろ姿があった。

足を速めた涼安は、しかしすぐにそれを緩めた。

なんだ、と目を眇める。

宋源の背後を一人の侍が歩いている。

その気配は、ただ道を行く者のものではない。あきらかに、宋源のあとを尾けているのが見て取れた。

誰だ、と涼安は息を詰めながら、間合いを取ってその後ろについた。

道の先は開けて、大川が見えた。永代橋を宋源は渡り始める。

空は夏の遅い日暮れで、まだ茜色だ。

人々の行き交う橋を渡り終えて、宋源は左に折れた。

と、あとに続く侍が間合いを詰めた。

その背中に、気が張り詰めるのがわかった。

涼安も足を速める。

町中の辻を、宋源が曲がった。

侍の姿も消えた。

涼安は走った。その足で辻に駆け込む。

走りながら、

「よせっ」
声を上げた。
侍が刀を振りかざしている。
宋源は身を傾けて、あとずさっている。
涼安の声に侍は振り向いた。が、すぐに顔を戻すと、足を踏み込んだ。
振り下ろした刀を、宋源はかろうじて横に躱した。
涼安は走りながら刀を抜く。
侍は再び、宋源へ刃をかざした。
涼安はその侍の背に走り込んだ。
「やめよっ」
声とともに、侍の首筋に峰を打ち込む。
身を崩した侍に、涼安はさらに刀を回した。
脇腹を峰で打つ。
身体を曲げた侍の鼻先に、涼安は切っ先を向けた。
「これ以上やれば、斬る」
侍はくっと息を漏らし、身を立て直す。

涼安がさらに構え直すと、侍はちっと息を吐いた。同時に背を向け、走り出した。大川のほうへと、後ろ姿は小さくなっていった。

刀を納めながら、涼安は宋源を見た。

宋源は歪めた顔で、背筋を伸ばした。

「すまぬな」

いや、と涼安はゆっくりと寄って行った。

「そなたのあとを追ったら、あの者に気づいたのだ。おそらく、屋敷からつけていたのであろう」

ふっ、と宋源は冷えた笑いを漏らした。

「失態だ。仕事を終えて去る際には背中に気をつけろ、と言われておるのに」

そうか、と涼安は眉を寄せた。

「口封じ、ということか」

「そうだ」宋源は歩き出す。

「闇薬膳を作ればよくあることだ」

「闇薬膳」

涼安も横に並び、宋源の顔を見た。

「玄斎先生が言うたのだ。人に漏らすことのできぬ闇の仕事ゆえ闇薬膳、とな」

「なるほど……だが、なにゆえ、そなたはそのような闇の道に進んだのだ」

道は堀川沿いに出た。

宋源はそこで立ち止まると、流れの遅い油堀の水面を見つめた。

「ずっと以前に話したであろう。わたしの父は濡れ衣を着せられ切腹した、ということを」

「うむ、覚えている」

言いながら横に並んだ涼安に、宋源は目を向けた。

「わたしはいつか、父上の仇を討つ、と決めていた。みずからの失敗を父のせいにし、のうのうと生きている医者を、決して許さぬ」

宋源は目を逸らす。

「しかし、わたしはそなたのように剣術を修めておらぬからな、仇は匙で討つつもりだ」

「匙、薬か」

「そうだ。それには薬膳が役に立つ」

「いや」涼安は宋源の顔を覗き込んだ。

「青山先生からは、薬膳は人を養うため、と教えられたではないか」

「ふん、だからよ」宋源はその顔を見返した。

「人を害する薬膳を学ばねばならなかったのだ」

そうか、と涼安は唾を飲み込んだ。そのために鬼ノ倉玄斎の元に……。

「だが、それは……」

涼安の掠（かす）れた声に、宋源は冷たく笑った。

「邪道と言いたいのだろう。なんと言われようとかまわん。仇が二人に増えたときに、わたしは腹を括（くく）ったのだ」

「二人、とはどういうことだ」

向きを変えて覗き込む涼安から、宋源は顔を背ける。その口が小さく開いた。

「妹の仇も討たねばならぬ」

「妹……紗江殿が亡くなったというのは、青山先生から聞いたが、仇とは……」

ふん、と宋源が鼻を鳴らす。

「紗江は殺されたのだ」

「殺された……紗江殿が」

涼安の掠れた声に、宋源は背を向けた。

背中を向けたまま、ゆっくりと川沿いを歩き出す。

「五年ほど前、紗江はさる大名屋敷に女中奉公に上がったのだ。苦しくなってきた家計を助けるためにな」

涼安もその背中について行く。

宋源は背を向けたまま言葉をつないだ。

「一年半が過ぎた頃だった。屋敷から身柄を引き取れと言ってきたのだ」

え、と涼安は声を詰まらせた。姉の顔が浮かんでくる。

宋源の声が掠れる。

「屋敷に行くと、裏門に棺桶が置かれていた。わたしは門を破って入り、家臣に問いただしたのだ。すると、井戸に身を投げた、と言われた」

「井戸に……」

涼安は思わず横に並んだ。

「ああ」宋源の横顔は歪んでいた。

「わたしは寺へと運んで、中を確かめた。濡れて重くなった身体を引っ張り上げることができなかったゆえ、棺桶を倒してな。確かに紗江であった。髪は乱れたままであったから、きれいにしてやった。顔に傷もあったから、母は化粧を施した。経帷子も着せてやったのだ」

宋源は立ち止まった。

「すると」声が掠れた。

「紗江は懐妊していたことがわかったのだ」

なんと、と涼安の声も掠れた。

「わたしは」宋源が拳を握る。

「大名屋敷に怒鳴り込んだ。しかし、門を開けてさえくれなかった。間借りをしていた同心に相談したが、相手が大名家ではどうにもできん、訴えるなら大目付だ、と言われた」

町奉行所が取り締まるのは町人で、幕臣は目付の管轄になる。さらに大名となれば、調べることができるのは大目付のみだ。

「そうだな」涼安がつぶやく。

「大目付が動かねば、どうにもならぬ」

「うむ、それゆえ、大目付に訴状を出した。が、なしのつぶてであった。お屋敷内での不祥事は相手にされぬが普通、と同心に言われたわ」

「そのようなことが……」

「ああ、しかし、気が収まらなかったから、聞き回ったのだ。したら、大名家の三男が日頃から狼藉を働き、女中を手込めにすることも珍しくない、という噂を聞きつけたのだ」

　宋源は再び歩き出した。

　涼安も続く。

「では、その三男が二人目の仇となったのだな」

「そうだ。それで京に行くことにしたのだ。いつかこの手で仇を討つためにな」

　そうか、と涼安は顔を伏せた。

「それで、母上も行かれたのだな」

「いや、ともに江戸を発つには発ったのだが、気鬱になって衰えていたため、桑名の宿場で亡うなったわ」

　歪んだままの宋源の顔を、涼安は言葉なく見つめた。

「このこと」宋源は横目を向ける。

「話したのは初めてだ。青山先生にも詳しくは語らなかった」

「そうであったか」

　涼安のつぶやきに、宋源は息を吐き出す。

「話しても、人にはわかるまいからな」

「いや」涼安は顔を上げた。

「わかるぞ。わたしの姉も旗本屋敷から儚い姿で戻されたのだ……」

妙のことを話す。

ほう、と宋源は眉を寄せた。

「そのようなことが……そういえば、そなた、いっとき、荒れていたな」

ああ、と涼安は頷く。

「わたしも人に話すことなどできなかった。剣術に打ち込むことで、気を紛らわせていたのだ」

「そうか」宋源は顔を向けた。

「では、そなたにも仇がいるのだな」

「仇……」つぶやいて空を見上げる。

「いや、仇と考えたことはなかった」

「なぜだ、憎くないのか」

前に回り込む宋源に、涼安は立ち止まった。

ううむ、と眉を寄せる。

「憎いといえば、なにもかも憎い……いや、身分がものをいう世の中が憎い、とは思うたが……」

涼安の言葉に、ふん、と鼻を鳴らして宋源は離れた。

「意気地（いくじ）のないやつめ」

吐き捨てて、歩き出す。

「待て」涼安が追いつく。

「口封じが放たれたのだ、あの寺に戻るのは危険だ」

ああ、と宋源は振り向く。

「大丈夫だ、明日には家移りする」

「そうか……そういえばそなたの師は、出て行けと言われたと話していたな」

「ふむ、それも本当だが、真のところは違う。薬膳の仕込みをそなたに気づかれたゆえ、移ることになったのだ。そうでなくとも、一つの仕事が終われば、住む所を変えるのが玄斎先生の決めごとだ」

言いながら、宋源はふっと歪んだ笑みを見せた。

「後ろ暗い頼みごとをする者は、道義も仁義もないからな」

足を速める宋源に、涼安は「待ってくれ」と並んだ。

「一つ、聞きたい。鶴丸様を害する薬膳を依頼したのは、御家老か奥方か、どちらであったのだ」

「両方だ」宋源は鼻で笑った。

「特に奥方の意が強かったといえよう。あとで、密かにこう付け加えたからな。害して虚しくなってもかまわぬ、と」

「なんと……」

顔を歪める涼安に、宋源は小さく肩をすくめた。

「こたびも、鶴丸君の薬膳に大黄を仕込んだこと、気づかれたゆえもう作れません、と申したら、では、辞めて屋敷を去れ、と言われたわ」

「そういうことであったか」

ああ、と頷いて、くっと笑う。笑いながら、宋源は首を振った。

「あの奥方はたいそう気が強い。あのようなお人には気を鎮める薬膳を出したいものだがな」

「奥方にも薬膳を作ったのであろう」

「ふん、しかし別の処方だ。若さと美しさを保つ薬膳を作れ、と言われたからな。阿膠やはと麦をたくさん使ったわ」

宋源は、はっと笑う。

その身を回すと、涼安に手を向けた。

「ここまでだ」

堀川の先に、小さな橋が見えていた。

頭上の空はすっかり暮れかけていた。

「ではな」

宋源が小走りになる。

涼安は橋を渡る宋源を見送ると、ゆっくりと踵(きびす)を返した。

第五章　守りの剣

一

昼前。

屋敷の庭に下りると、涼安はそっと表のほうへと進んだ。

庭の隅へと身を寄せ、表門を窺う。

表は長屋門だ。門の両側に家臣の住まう長屋が伸びている造りだ。

涼安は長屋を出入りする家臣らを目で追った。

役目から戻って来た者が次々に入って行く。中食を摂るためだろう。

釣り竿を手にして、出かけて行く者もいる。非番に違いない。

そうした人々を目で追っていた涼安は、あ、と息を呑んだ。

長屋から出て来た一人の姿に、思わず首を伸ばす。

男は身体を少し傾けながら、歩いて行く。

あの男だ、と涼安は口中でつぶやいた。宋源を襲った男に間違いない……。

男は脇腹を押さえた。涼安が峰で打ち込んだ場所だ。

やはり、家臣だったのだな……。そう思いながら、涼安はそっとその場を離れ、庭の隅を通ってまた戻った。

沓脱石の横で草履を脱いでいると、廊下を近づいて来る足音があった。

「涼安先生」

呼びかけの声に顔を上げると、奥野が立っていた。

「また、おおばこですか」

まあ、と涼安は廊下へと上がった。

「ほかにも薬草がないかと思いまして」

あの家臣のことは言わないほうがいいだろう、と腹の底に落とした。

あの、と奥野が物言いたげな顔になる。

涼安は自室へと奥野を招き入れた。

向かい合った奥野は、「決まりましたよ」と上体を乗り出した。

「お奈津の方と鶴丸様が、出家を許されたのです」

「そうなのですか」

目を見開く涼安に、奥野が頷く。

「殿もお奈津の方と話されたときには、驚かれていたのです。考えさせてくれ、と仰せになって……わたしも相談を受けました。どうしたものか、と」

はあ、と涼安は目顔で頷く。

「それは、迷われるのも無理もないことかと」

「ええ、軽々に決められることではありません。そこで、坂崎殿も話に加わることになりました。坂崎殿が鶴丸様を跡継ぎに推していたのは、殿もご存じでしたので」

「ほう、して、なんと」

「はい、坂崎殿も出家に賛成なさいました。ここで出家すれば、奥方様や御家老の気も収まるはず。それに、出家から還俗するのはよくあること、と」

「なるほど、足利義昭も還俗して将軍を継いだのでしたね」

「ええ、殿もそう仰せになられました。命を守るほうが大事であるな、と」

面持ちを弛める奥野に、涼安は頷いた。

「そうですね、敵意から身を躱す、というのはよい手段だと思います」

「まさしく。なにしろ、殿が出家のことを話されたところ、御家老はたちまちに笑顔になりました。それはよいお考えだ、と。わたしもそこに控えていたのですが、あのような御家老のお顔は初めて見ました」

　へえ、と涼安は眉の吊り上がった家老の顔を思い出していた。

「まあ」と奥野は言葉を続ける。

「殿と奥方様のお席には、さすがに出ておりませんので、奥方様がどのようなお言葉を返されたかはわかりませんが。おそらくは、喜ばれたことかと」

「うむ、そうでしょうね。これで千代丸様が跡継ぎと決まったわけですから」

　言いながらも、涼安の脳裏に奥方の顔がよぎった。気が強い、と言った宋源の言葉も思い出される。いや、と胸の内で首を振った。さすがに出家となれば、気が収まるであろう……。

「で、どちらのお寺にいかれるのですか」

　涼安の問いに、奥野は北の方角を目で示した。

「上野の菩提寺です」

「なるほど」

　上野の山には徳川家の菩提寺である寛永寺がある。その麓には、各大名家が建てた家の菩提寺が並んでいた。

その光景を思い出しながら、涼安は面持ちを弛めた。

「なれば、お奈津の方様もご安堵されたでしょうね」

「ええ、面持ちがすっかり柔和になられました。で、早く行きたいと仰せなので、五日後にはお寺に移ることになったのです。わたしも坂崎殿も、お供することとなりまして」

「ほう、早いですね。いや、善は急げ、ですか」

「はい。で、こたびの運びは涼安先生のおかげ、とお奈津の方が仰せで、お礼を伝えてほしい、との言づてを預かりましたので、こうして……」

奥野が手をついて頭を下げる。

「いや、そのような」涼安は恐縮して、手でそれを制した。

「こうした巡り合わせというのも運と縁です。わたしの力などではありません」

「いえ」奥野が顔を上げる。

「涼安先生に来ていただいてよかった。殿もそう仰せでした」

笑顔になった奥野に、涼安も思わず笑みを返していた。

夕餉の薬膳を作っていると、台所役の浜田が隣に立った。

「涼安先生、聞きましたか。奥に来ていた薬膳師が暇を出されたそうですよ」

ああ、涼安は曖昧に頷いた。

「そうらしいですね」

「ええ、噂では効き目がなかったとか、味が悪かったとか、奥方様の御勘気に触れたとか、いろいろと言われているようです」

ほう、と涼安はとぼけつつ苦笑した。わたしもなにを言われているか、わかったものではないな……。

「まあ、わたしもほどなく辞することとなります。お殿様のお加減もよくなられましたので」

えっ、と浜田は身を反らす。

「そうなんですか……いやぁ」おたおたと腕を振る。

「わたしはもっといろいろと教わりたかったんですが……薬膳のこともですが、味付けとか、出汁の取り方とか……皆、残り物を奪い合って、味を見ていたんですよ」

え、と涼安は周りを見る。

浜田以外の者は、隅に控えている。盛り付けのとき以外は、手伝いも言い出さずに、じっと見ているだけだった。

「そうでしたか」涼安は笑顔を向けた。

「おっしゃっていただければ、お教えしたのですが」

「ええっ」

周りから声が上がった。

「よいのですか」

ぞろぞろと集まって来る。

「いや、この浜田が厚かましいので、我らは遠慮していたのです」

「ええ、お邪魔になるだろうと思いまして」

口々に言いながら、涼安を囲んだ。

「山椒の実はどのように使えばいいのでしょう」

「いや、それよりも、唐辛子の扱い方を……」

「わたしは昆布出汁の取り方をお教え願いたい」

「殿がお気に召されたのは、どのような献立でしたか」

皆が押し寄せてくる。

いつの間にか、浜田は後ろに追いやられていた。

「おい」と浜田が背後から手を上げる。

「図々しいぞ、みんな」

なんと、と皆が振り向く。

「おまえに言われたくはないわ」

そうだそうだ、と笑いが起こる。

涼安も笑いにつられながら、それぞれを見渡した。

「辞めるまでに、書き残していきます。ご安心を」

はい、と声が重なった。

二

翌日。

昼過ぎに屋敷を出た涼安は、本郷の坂道を上った。

横道に入ると、家が見えてくる。

「ただいま戻りました」

戸を開けるが、誰も出て来ない。

出かけているのか……。静かな家の中を進んで、奥の部屋へと入った。

仏壇の前で止まると、中に置かれた母と姉の位牌に手を合わせる。二人の顔を思い浮かべながら瞑目すると、思わず顔が歪む。が、その首を振って一礼すると、その場を離れた。

縁側に出て自室に向かおうとした涼安は、その足を止めた。

庭に父の伊右衛門の姿があった。

棚に並べられた植木に向かって、鋏を動かしている。

縁側から下りて、そちらに寄って行くと、父が振り向いた。

「おう、戻っていたのか」

「はい、唐辛子と山椒の実を取りに来たのです」

答えながら、涼安は父の横に立つ。

並べられた植木鉢には、新たに千両や万両などが植えられている。縁起物の木であるため、正月用に育てているらしい。

それを眺めてから、涼安は父に横目を向けた。

「父上、お聞きしてもよいですか。姉上のことですが……」

父は植木に向いたまま、手を止めた。と、小さく息を吐いた。

「いつか、話さねばと思うていた」そう言うと、顔を空に向けた。

「さて、どこから話せばよいか……」

涼安はその横顔をそっと窺う。

天を仰いだまま、父は口を開いた。

「わたしのお役御免が始まりであった。御徒組では具足を商人に注文していたのだ。その商人と組頭様が、まあ、裏で手を結んでいたわけだ」

「手を結ぶ、とは」

「具足の数を水増しして、余分の金を組頭様が懐に入れていたのだ。商人にも少し渡していたらしい」

「なんと」

息子のつぶやきに、父は苦笑を浮かべた。

「さほど珍しいことではない。役人に受け継がれてきた手口、とでも言おうか……だが、勘定方の調べが入ることになり、算が合わないとばれることを恐れたのだ。まあ、それもしばしば起きることでな」

父は顔を戻して、息子を見た。

涼安は、そっと唾を飲み込んだ。もしや、という言葉が無音のまま顔に浮かんだ。父はそれを読み取って頷く。

「組頭様はそれをわたしの失態にしたのだ。算を間違えた、と」

「では、濡れ衣を着せられたということですか」

息子の強い語気に、父は目を伏せた。

「それも珍しいことではないのだ、役人のあいだでは。断れば冷遇され、左遷されかねない。いずれにしても出世の目はなくなるのだ」

「そんな……理不尽ではないですか」

「うむ、だが、その見返りを約束されるのも常だ。少しの金であったり、上役への口利きであったり、よい縁組であったり、と……」

あ、と涼安は拳を握った。

「それが姉上の縁組だったのですか」

父は頷く。

「組頭様が縁者の旗本につないでくださったのだ。無役の御家人の娘など、嫁ぎ先もないのが普通、ゆえに、たとえ側室でも旗本に上がるのはありがたい話だと思えた」

「それは……」

　拳を握りながら、涼安は当時の自分を思い出していた。姉は運に恵まれた、と喜んだ自分がそこにいた。

「まさか……」父の顔がうつむく。

「あのような家だとは……」

　涼安はぐっと喉を鳴らした。

「姉上は明らかに誰かに手を上げられていた……痣は顔だけでなく、背にも肩にも脚にもあった……その旗本がやったのですか」

　荒らげた息子の声に、父はそっと顔を上げる。

「ずいぶんとあとになってわかった……旗本も乱暴な男だが、その息子はさらに狼藉者だったそうだ」

　涼安は息を詰まらせた。

「なんという……」

　父の息が漏れた。

「わたしが悪かったのだ……断っておれば、妙はあのような目に遭わずにすんだものを……」

涼安はうつむいて拳を握った。

「わたしも詳しく聞くまではよい話だと思いました。母上と姉上は、浮かない顔をなさっていましたが……」

「そこよ」父の声が震える。

「妙は気が進まぬ、と言ったのだ。だが、わたしが断るわけにいかぬと、言い聞かせた。それが……」

喉が大きく震えるのを見て、涼安は首を振った。

「いえ……よもやあのようなことになるとは……先を知ることなど誰にもできないのですから、父上のせいでは……」

いや、と父も首を振る。

「わたしは一生、己を許さぬ」

赤みの差したその顔を、涼安は伏し目で見つめた。

おそらく、先方に文句を言うこともできなかったはずだ、と胸中で思う。旗本を監察する目付がいるとはいえ、申し立てても、側室の死など取り合ってはもらえないだろう……。

「なれど」涼安は口を開いた。

「濡れ衣のことは、お聞かせいただきたかった……」

父はその顔を上げて、小さく首を振った。

「そなたは元服したばかりであったろう。そのように早くから、世の醜い仕組みを知ることはない。否応（いやおう）なく、いずれは知ることになるのだ」

それに、と父は息子に顔を向けた。

「そなたは剣術に励んでおったであろう。腹の底に怒りや怨（うら）みを呑み込めば、剣には邪気がこもるものだ」

あ、と涼安は目を見開いた。確かに……。

父は目顔で頷く。

「そして、妙が亡くなったときには、そなたは医術の修業を始めていた。怨みや憎しみを抱けば、目も心も濁（にご）りかねない」

そうか、と涼安は父の言葉を呑み込んだ。わたしが怨みや憎悪を持たぬように、父は守ってくれていたのか……。

父はまた空を仰いだ。

「わたしは決して忘れんし、許さん。相手も憎い、しかし、そのような事態を招いた己も許すことができん……だが、そのような怨みを抱えて生きるのは、わたしだけでよい」

涼安も空を仰ぐ。

青い空に、白い雲が湧いていた。


本郷の坂を下りながら、涼安はうつむきがちになっていた。父の話が頭の中で渦を巻いて、消えない。

その当時に……と、涼安はその頭の中で己に問う。お役御免のいきさつを聞いていたら、上役を怨んだことだろう……姉上のことも詳しく聞かされていたら、怒りを抑えられなかったろう……。

頭の中に、宋源の顔が浮かび上がった。宋源はそういう怒りや怨みを腹に抱えているのだな……。

顔を上げて、道の先を見つめる。

〈己も許すことができん〉と言った父の言葉が耳に甦っていた。

おそらく、宋源も同じような思いなのだろう……そして、その思いがさらに相手にも向かう、と……。

坂を下りきって、涼安は町の中に踏み込んだ。

道を人々が行き交っている。と、前から来た女が、すっと横に逸れた。こちらをちらりと見て、そそくさと走り抜けていく。

あ、と涼安は顔に手を当てた。顔をしかめていたことに気づいたのだ。いかん、と、首を振った。

顔をこすりながら、涼安は大きく息を吸った。

頭を切り替えねば……よし、こういうときはあれだ……。涼安は足の向きを変えた。両国へと続く道を歩き出した。旨い物を食うぞ……。そうつぶやきながら、腕を振った。

両国の広小路に出ると、賑やかな音や声が聞こえてきた。大道芸人があちらこちらで、さまざまな芸を見せている。三味線を弾く者も歌う者もおり、それぞれの前に人が集まっている。

涼安は広小路の隅にある水茶屋に向かった。畳の敷かれた長床几に腰掛けると、すぐに襷掛けの娘がやって来て茶を置いた。

「団子を頼む、あんこを二本だ」

涼安の言葉に、娘は「はぁい」と戻って行く。

すぐに運ばれた団子を、涼安は頬張る。うむ、旨い、と目元が弛んだ。甘い物は気持ちを解きほぐすな……。そう考えると、宗盛の顔が浮かび、ふっと苦笑した。悩み事には気晴らしが必要だな……。

涼安は空になった皿を持ち上げて、娘を呼んだ。

「今度はみたらしを二本だ」

はぁい、と娘はすぐに持ってきた。

うむ、と涼安はそれも頬張る。甘い物のあとには甘辛の味がたまらん……。弛んできた顔を左右に向けると、横の女に目が留まった。海苔を巻いた磯辺の団子を食べている。

「おうい」涼安は茶屋の娘を呼ぶ。

「磯辺を二本頼む」

はぁい、と言って、娘は目をくるりと動かした。

「ようく召し上がりますね」

「うむ」と涼安は目を細める。

「旨い物が好きなのだ。ここの団子は味がよい」

「あら、うれしい」

娘は笑顔になって戻って行った。

運ばれた磯辺も平らげると、涼安は、ふうと息を吐いた。

よし、と涼安は立ち上がった。気が少し晴れたぞ……。

青山から言われていた言葉が、耳の奥で揺れていた。

〈心持ちが悪くなったら、それを引きずらぬようにするのが肝要じゃ。面白いものを見るなり、旨い物を食べるなり、なにか気が晴れることをせい。気の流れを己で切り替えるんじゃ〉

涼安は顔を上げて歩き出す。

広小路を行き交う人々のあいだを抜けて、横道に曲がった。

神田の道に入り、辻を曲がって行く。

突き当たりにある稲荷(いなり)の社(やしろ)を抜けるため、その境内(けいだい)に入る。

そこを横切りながら、おや、と奥に目を向けた。

社の裏にごろつきふうの男らが四人、集まっている。

それに囲まれるようにして、一人の武士が立っている。

絡まれているのか、と涼安は足を止めた。難癖をつけて、金を巻き上げる男らが、この辺りでは珍しくない。

武士は細面(ほそおもて)で細身だ。

助けねば、と涼安はそちらに足を向けた。が、踏み出す前にそれを止めた。

ごろつきの一人が、にやっと笑ったからだ。脅しの顔ではない。ほかの男らも、にやにやとした顔を見合わせている。

それを見て、涼安は、はっと息を呑んだ。あの男……。

小太りの男と小柄な男に目が吸い寄せられた。

内神田で薬の包みを盗もうとした二人組だ。

涼安はそっと木の陰に身を寄せて覗き込んだ。

にやつく男達に囲まれた武士は、戸惑うようすもなく対している。

絡まれているわけではないようだな、と涼安は武士を見つめ、耳をそばだてた。

武士は懐に手を入れると、なにかをつかみ出した。白い紙包みだ。

首筋に入れ墨のある男がそれを受け取っている。

男は、それをぽんと上に投げると、宙でつかみ取った。

細面の武士は、神妙な面持ちで口を開く。

「よいか、上手くいっても、金はこれきりだぞ」

「へへぇ」男が返す。

「わかってまさぁ。こんだけもらえりゃ上等だ」

「おうよ」

男らも声を揃える。

涼安は木陰を離れて、境内を抜けた。

武士があやつらを使っている、ということか……。

薬種問屋の手代が言った言葉が耳に甦る。

〈町のごろつきどもは、金になることならなんでもやりますから〉

涼安は眉を寄せると、溜息を吐いた。が、すぐに首を振る。

いかん、せっかく旨い団子を食べたのだ、ごろつきのことなど、どうでもよい……。

しかめた顔をぱんと叩いて、空を見ながら歩き出した。

三

台所に立つ涼安の回りに、台所役の人らが集まってきた。

「唐辛子の種は取ったほうがいいのですか」

問う男に、涼安は唐辛子を縦に切ってみせる。

「漬物に使う場合は丸ごとがいいのです。種は辛みが強いので、ぴりりと効きます。が、料理に使う際には、種を取り除いたほうがいいでしょう。辛くなりすぎますし、舌触りが悪くなるので」

なるほど、と男達は頷く。

「山椒の実はどうですか」

「はい、熟れてはじけた物は堅くなっているので、磨り潰します。青く柔らかな実はそのまま使えます。醤油や酢につけておくと、和え物など、さまざまな料理に加えることができ、よい香りづけにもなります。身体を温めるので、冷えやすい人に使うとよいのです」

ほう、と皆が身を乗り出す。

次々に出される問いに、涼安は一つひとつ答えていく。

そこに一人の男が、廊下から走り込んで来た。

「おっと、遅れてしまった」

人の輪に加わりながら、廊下に顔を向けた。

「なにやら荷物を運んでいて、通れなかったのだ」

「ああ、それは」一人が言う。

「鶴丸様の荷物だろう。先にお寺に送るという話だ」

「へえ、それでは真(まこと)なのか。出家なさるというのは」

「お奈津の方もついて行くらしいぞ」

口々に噂話を言い合う。

涼安はそっと耳を傾けていた。もう屋敷内に広まっているのだな……。


廊下に出た涼安は、お奈津の方の部屋を見た。

坂崎がそちらに歩いて行く。涼安は小走りで追いついた。

「坂崎殿」

ああ、と振り向いた坂崎に、涼安は手にしていた包みを掲げた。

「お奈津の方様に渡したい物があるのです、お邪魔してもよろしいですか」

「はい、どうぞ」と坂崎は頷いて、歩き出す。

簾(すだれ)が巻き上げられた部屋から、女中が塗り箱を運び出した。

それを廊下に置くと、また部屋へと戻って行く。

「皆、運ぶのですか」

涼安の問いに、坂崎は首を振る。

「身の回りの物を少しだけです。なにしろ出家ですから、よけいな物を持っていくわけにはいきません」

「なるほど、それはそうですね」

部屋の前に立つと、お奈津の方が「まあ」と顔を上げた。

「どうぞ、散らかっておりますけど」

広げた物を脇にどけるお奈津に、二人は「お邪魔を」と会釈をした。

涼安が顔を巡らせると、隣の部屋に鶴丸の姿を見つけた。

書物を広げ、より分けているらしい。

その姿から母に目を移すと、涼安は紙の包みを前に置いた。

「寺では精進料理となるでしょうが、瓜や西瓜なども出されるはず。鶴丸様は好物でしょうから、たくさん召し上がるかもしれません」

「はい」お奈津は小さく苦笑する。

「夏にはいつものことです。あまり美味しそうに食べるので、わたくしもつい自分の分まであげてしまうのです」

「で、お腹を壊される、と」

涼安の言葉に、お奈津は首を縮めた。

「愚かとはわかっているのですが」

涼安は微笑んで、包みを前に押し出した。

「いえ、それが母御の慈愛というものかと。これはおおばこを干した物です。お腹を下されたときには、これを煎じて飲ませて差し上げてください」

まあ、とお奈津の顔も笑顔になった。

「かたじけのうございます」包みを手に取って、胸に当てる。

「どのような暮らしになるか、心配なのですが、こういう物があると心強くなります」

「なあに」坂崎が口を開いた。

「殿からも、ときおりようすを見に行くように仰せつかっております。ご心配には及びますまい」

そこに、隣から鶴丸が顔を覗かせた。

「母上、書物はすべて持っていきとうございます。だめでしょうか」

胸に数冊の本を抱えて、鶴丸は入って来る。

お奈津は微笑んで、鶴丸の頬に手を当てた。

「そうね、なれば書物は全部運びましょう」

ええ、と坂崎が頷く。

「殿は、鶴丸様の賢さをあちらの寺僧に伝えておられますから、書物を置く場所は提供してくれるでしょう」

「まあ、よかった」

目元を弛めるお奈津に、坂崎はささやき声になる。

「それに、読み終えた書物は、こちらに引き取ればよいのです。殿は、いずれ鶴丸様を呼び戻されると思いますよ。殿も我らも、鶴丸様の英明さは猪狩家に必要、と考えていますから」

え、とお奈津の眉が曇る。

「なれど……」

戸惑うお奈津に、坂崎が胸を張る。

「ま、先のことはどうあれ、当面はあちらでごゆっくりとお過ごしください。今は鶴丸様のご成長を守ることが一番です」

坂崎が目を向けると、鶴丸は背筋をまっすぐに伸ばした。意を察したかのように目顔で頷くと、小さな口を開いた。

「わたしはお寺でも学問を続ける。お坊様からもいろいろと教われる、と父上から言われたので、楽しみにしているのです」

目で笑うと、踵を返して隣の部屋へと戻って行った。

うむ、と坂崎は目を細める。

「やはり頼もしい」

涼安はそんな坂崎を見た。なるほど、期待をかけるのがよくわかる……。

思いつつ、腰を浮かせた。

「では、わたしはこれにて」

会釈をして、廊下へと出た。

廊下に置かれた箱が増えていた。

やって来た家臣がそれを抱え上げる。

すると、庭からやって来た家臣が手を振り上げた。

「それは荷車に積むのだ」

涼安は、はっと息を呑んで、慌てて顔を背けた。

廊下を立ち去りながら、小さく振り向く。

あの顔、似ている……。神田の稲荷で見かけた武士を思い出していた。ごろつきに金を渡していた武士と、細面も細身も同じだ。

大きな行李を抱え上げた家臣が、その男に問いかける。

「矢内様、こちらはもう荷車に積めないかもしれません」

「ええい、なれば」矢内はまた腕を振り上げた。

「別の荷車を出せ」

はっ、と行李を抱えて、家臣は小走りになる。

涼安はそっと振り向いて、口中でつぶやいた。矢内という名なのだな……。

矢内は、部屋から出て来た奥女中にも声を投げつけた。

「廊下の真ん中に置くでない、端に置け」

そして、この声も……あの武士の声に似ている……。

涼安は自室に戻ると、眉を寄せた。

あのときの武士はごろつきに金を渡していた。なにかを依頼したに違いない……。

涼安は部屋からそっと顔を出した。

武士の姿はもうなかった。

ううむ、と腕を組む。あの武士だとしたら……いや、しかし確証はない。うかつに人に言うわけにもいくまい……。そう考えを巡らせながら、涼安は狭い部屋の中を歩き回った。


殿の夕餉がすみ、退室した涼安は廊下で立ち止まった。

そのまま待っていると、やがて奥野が出て来た。

おや、と目を向ける奥野に、涼安はすっと寄って行った。

「相談したきことがあるのですが」

その小声に奥野は頷いて、涼安の部屋へと連れだった。

「どうしました」

向かい合った奥野が口を開くと、涼安は背筋を伸ばした。

「鶴丸様は明後日(あさって)、お寺に移られるのですよね」

「はい。朝、辰(たつ)の刻（八時）には出ます」

頷く奥野に、涼安はひと息吐いて、声に力を込めた。

「その御一行にわたしも加えていただけないでしょうか」

は、と奥野は目を見開いた。

「涼安先生も、ですか」

「はい、これもご縁かと思いまして。実はわたし、新陰流の奥伝(おくでん)を得ているのです」

「ほう、奥伝とは、師範代を務めるお許しですな。これはお見それを……いや、わたしなどは剣術の才がなく、手前の中伝(ちゅうでん)にも及びませんでした。恥ずかしい限りです」

「いや、わたしはただ好きなだけで……しかし、警護の一員として御一行に加えていただければ、胸を張って歩けるのではないか、と考えまして。一度、そういう行列に入ってみたかったのです」

昨日から考えた科白(せりふ)を、一気に話す。

ははあ、と奥野の目がまた丸くなった。

「なるほど、確かに、乗り物に付き従う行列は武士の晴れ姿ですからね。実はわたしも楽しみにしているのです」

奥野は小さく笑う。と、その手をぽんと打った。

「わかりました、ではお入りください。御一行の差配はわたしにまかされておりますので大丈夫です。殿にもお話は通しておきますので」

「そうですか、それはありがたい」

涼安は笑顔を作った。その顔とは裏腹に、腹の底に力を込めた。

四

二日後。

身支度を調えて、涼安は一行に加わった。

辰の刻を知らせる鐘とともに、行列が動き出す。

乗り物には鶴丸が乗っており、その横にお奈津の方がついて歩き出す。

乗り物の前では奥野が先導しているが、その前には数人の家臣が歩いている。

坂崎はお奈津の後ろにいた。

涼安は乗り物の後ろについた。

背後から、一行の進む道の先を見ながら歩く。

屋敷のある築地の周辺は人通りが少ない。

涼安は辺りに目を配っていた。人の少ない場所は狙われやすいからな、と腹に力を込めた。

やがて、一行は神田の町に入った。

たちまちに賑やかになり、人の行き来が増えた。

涼安は息を吸い込んで、左右に目を動かす。人混みも油断がならん、身を隠す場所が多い所は危険だ……。

遊び人ふうの男を見ると、涼安は息を詰める。ごろつきふうの男らは、神田界隈(かいわい)では珍しくない。が、どれもこちらに目も向けずに通り過ぎて行った。

道の先に、神田川が見えてきた。それを渡れば、上野の広小路は近い。

涼安は小さく息を吐いた。矢内の顔が浮かび、首を振った。同じ細面でも、あの武士とは別人であったのかもしれぬ……うかつに人に言わずによかった……。

握っていた拳が、自然に開いていた。

行列の先頭は、橋に近づいていた。

と、涼安はその顔を左に向けた。

男達の声が、耳に飛び込んできたからだ。

数人の男達がもつれながら、横道から飛び出してくる。

「喧嘩(けんか)だぞ」

道を歩いていた人々が、それを避けて逃げて行く。

一行も道の端に寄った。涼安は男らに目を向けた。

四人だ。

あっ、と息を呑む。

四人はそれぞれに、手に匕首(あいくち)を振りかざしている。

「てめえっ」

そう怒鳴ったのは、小太りの男だ。

あの男……。涼安は刀の柄(つか)に手を掛けた。内神田で遭遇し、稲荷の境内で見た男だ。

「この野郎」

小柄な男がそのあとを追う。それも、一緒にいた仲間の男だ。

男らは口々に罵(のの)し合いながら、腕を振り回す。

涼安は行列から進み出た。

男らは涼安を見る。が、会ったことなど覚えていない顔だ。

「待ちやがれ」

怒鳴りながら、遅れて一人が飛び出して来た。首筋にまで入れ墨が見える。

あ、と涼安は男を見た。金を受け取っていた男に違いない……。思うと同時に、涼安は飛び出した。

男らはもつれながら、近づいて来る。

涼安は鯉口を切りながら、思った。そうか、こやつら、喧嘩の振りをして近づく算段だな……。

男らの目は互いを見ずに、行列に向いていた。

と、入れ墨男が向きを変えた。

匕首を手に、乗り物に駆け寄って来る。

涼安は刀を抜いた。

周りでは、悲鳴のような声が上がっていた。

お奈津の声も、そこに混じっていた。

涼安はそれを聞きながら、刀を振りかざす。

入れ墨男が、乗り物の窓へと近づいた。

涼安はその前に飛び出し、刀を構えた。

くそっ、と入れ墨男が怒鳴る。

「どきやがれっ」

匕首を振り回す。

「そうはなるかっ」

涼安は怒鳴り返し、刀を振りかざした。

突っ込んで来る男の二の腕へと、振り下ろす。
斜めに斬ると、手から匕首が落ちた。
背後から声が上がる。
「鶴丸様を守れ」
奥野の声で、家臣らが乗り物を運んで行く。
小太りの男が、それを追って行く。
坂崎が刀を抜き、その男の前に飛び出した。
肩から切りつけると、男は足を止めた。
涼安は小柄な男を目で追う。
乗り物を追っていた。
「ごろつきめ」
涼安はその背中に追いついた。
小柄な男は身を翻し、涼安と向き合った。
「邪魔すんなっ」
そう吐き出すと、握った匕首の切っ先を涼安に向けた。
涼安は地面を踏みしめながら、切っ先を向かい合わせる。

互いにじりじりと、足をずらした。

小柄な男が身を低くして、突っ込んでくる。

涼安は身を回して、それを躱す。

横をすり抜けた小柄な男に、涼安は刀を振り上げた。

と、大声が上がった。

離れた場所にいたもう一人の仲間が、声を振り上げていた。

「だめだ、ずらかるぞっ」

言いながら、その男は背を向けた。

ちっ、と小柄な男は涼安を睨み、踵を返した。

小太りの男と入れ墨男も、慌てて走り出す。

「待て」

坂崎が追うが、男らは四散して脇道へと駆け込んだ。

涼安は乗り物に振り向いた。

家臣が周りを囲んでいる。

その横では、お奈津の方が震えており、奥野が寄り添っていた。

涼安は乗り物に駆け寄ると、

「鶴丸様」

声をかけた。

涼安は小窓を開ける。

と、すぐそこに鶴丸の顔があった。

驚いた涼安が身を引くと、鶴丸は窓から首を出して、左右を見た。

「母上は……母上は、ご無事か」

「はい」

涼安の返事とともに、お奈津が駆け寄って来た。

「鶴丸」

乗り物の戸を開けて、手を伸ばす。

身を乗り出した鶴丸を抱きしめると、その名を呼び続ける。

「母上」

鶴丸も、小さな手で、母の背中を抱いた。

ほっとして離れた涼安に、奥野が寄って来た。

強ばった面持ちで、口が震えている。

「や……助かりました」

「いえ」

涼安は刀を納めながら、眉を寄せた。

坂崎も戻って来て、傍らに立った。

「よもや、このような……」

息を整えながら、額の汗を拭う。

「実は」涼安は二人を見た。

「このことで、お話ししたいことがあるのです」

む、と二人は眉を寄せる。

いや、と涼安は乗り物に目を向けた。

「それはのちほど。今は、鶴丸様を送り届けましょう」

「うむ」

二人の声が揃う。

「まずは寺へと急ごう」

奥野が腕を振り上げる。

「さあ、参るぞ」

ばらけていた一行が、また形を整える。

涼安は乗り物の横について、鶴丸に声をかけた。

「もう、心配はいりませんよ」

窓の奥から、鶴丸が頷いた。


屋敷に戻ると、小さなざわめきが広がっていることに、涼安は気づいた。

屋敷の廊下を、涼安は奥野について歩いていた。

通り過ぎる部屋から、家臣らの声が漏れ聞こえてくる。

鶴丸の一行が襲われたことは、すでに屋敷に広まっていた。先に戻った家臣が、話したためらしい。

「もう一度」奥野が涼安を振り返った。

「お寺でなさった話を、殿にもお伝えください」

はい、と涼安は頷く。

部屋では宗盛が待ち受けていた。

すでにあらましを奥野から聞いていたらしく、その顔が強ばっていた。

涼安が向き合うと、宗盛が息を吐いた。

「こたびのこと……いや、まず、礼を言わねばならぬ。涼安殿の剣が助けてくれたと聞いておる」

「いえ」涼安は低頭する。

「わたしが判断に迷ったせいで……確証がなくとも、お伝えすべきでした」

「いえ」奥野が首を振る。

「一度見かけただけで、覚えておられたほうが見事です」

「うむ」殿が頷く。

「それで気にかけてくれたゆえに、鶴丸は助かったのだ。して、矢内と不埒者らは、どこで見かけたのだ」

「は……」

涼安はその折のことを説明した。

聞き終えた宗盛は、ふう、と溜息を吐いた。

「よもやそこまでするとは……」

殿の渋面から目を逸らして、涼安は奥野に問うた。

「して、矢内殿は……」

「や、それが、屋敷に戻ってすぐに呼び出したのです。牢屋に入れるべく」

「牢屋……」

涼安は、思わず目を動かした。そうか、屋敷のどこかに牢屋があるのか……いや、大名屋敷ともなれば、当然か……。

「が、どこにも見当たらないのです」

奥野は顔を小さく振る。

「え」

涼安は顔を歪める。そこに、

「探し出せ」

殿の声が上がった。

「誰の差し金か白状させるのだ。さすがに、これは見逃すことはできぬ」

「はっ」

奥野が低頭した。

涼安もつられて低頭していた。

五

朝の寝床で、涼安はふと目を覚ました。

外からなにやら音が聞こえてくる。

涼安は吊られた蚊帳を持ち上げて、出て行く。

廊下を人が走って行く音が響いた。

なんだ、と着替えると、廊下に顔を突き出した。

庭の向こうから、人のざわめきが伝わって来た。

そっと廊下に出ると、庭から人が走って来るのが見えた。

その足で表の廊下に飛び込んでいく。

「矢内が……」

という声が聞こえてきた。

矢内が見つかったのか、と涼安はそちらに足を向けた。が、いや、とすぐにそれを止めた。よそ者が介入するのはまずいか……そもそもこたびの騒動、外には漏らしたくないであろう……。そう考えると、自室へと戻った。

蚊帳や布団を片付け、涼安は廊下へと出た。

さて、仕事だ、と襷を手に台所へと歩き出す。

その廊下の先に、奥野の姿が現れた。殿の部屋から出て来たようすだ。

涼安に気づくと、奥野は早足に寄って来た。その目顔に頷いて、涼安は連れだって自室へと戻った。

部屋で向かい合うと、奥野は大きな息を吐いた。

涼安がその顔を窺うと、奥野はもう一度、溜息を吐いた。

「矢内殿が見つかったのです」

「やはり、そうでしたか。朝方、騒ぎで目が覚めました。では、牢屋に入れたのですか」

いや、と奥野は首を振った。

「腹を切っていたのです。馬小屋の裏で」

えっ、と涼安は息を呑んだ。

「切腹……」

つぶやく涼安に、奥野は顔を歪める。

「介錯がなく、苦しかったのでしょう、首も突いていました」

「なんと」

「おそらく」奥野は膝を打った。

「行列にいた家臣が戻ってすぐに襲撃の失敗を知り、覚悟を決めたのだと思います。明け方、馬の世話役が発見したのですが、すでに身体が硬くなっていたそうです」

「そうでしたか」

涼安は庭に目を向けた。馬のいななきが聞こえることがあったが、小屋の場所は知らない。

涼安は奥野の歪んだ顔に目を戻した。

「殿はなんと……」

ああ、と奥野は寄せた眉を少し開いた。

「今し方、報告したところ、なんというか、少しほっとされたごようすでした」

「ほっと……」

「ええ」奥野は声をひそめる。

「おそらく、矢内に命じたのは奥方様、とお考えだったのでしょう。もしかしたら、御家老も加担していたかもしれません。矢内がそれを白状すれば、問い質さねばなりません。そして、なんらかの処罰を下さねばならなくなります」

「なるほど」涼安は頷いた。

「処罰が内々で済めばよいが、もし外に漏れて、御公儀の耳にでも入ったとしたら……」

「はい、不行き届き、とお叱りを受けることになります。改易にまではならないでしょうが、減封や国替えを命じられかねません」

「そうなれば、一大事ですね」

「ええ、ですから、矢内の自決は、ことを収めるのに好都合ということです」

「ふうむ、初めから失敗することがあれば自裁せよ、と言われていたのかもしれませんね」

涼安の言葉に、奥野は小さく頷いた。

「おそらくは……これで、襲撃も町のごろつきの喧嘩に巻き込まれた、ということにできますし」

言いながら、奥野はゆっくりと立ち上がった。と、廊下に出ながら、顔を振り向けた。

「そういうことですので」

内密に、という意図を汲み取って、涼安は黙って頷いた。

朝の御膳に、殿はゆっくりと箸をつけていた。

いつものようには進まない箸を、涼安はそっと窺っていた。無理もない、と腹の中で思う。宗盛の狭まった眉間は、最後まで弛むことはなかった。

「すまぬな」殿は半分残った膳に、箸を置いて言った。

「味のせいではないのだ」

はい、と涼安は頭を下げる。それを半分上げて「あの」と口を開いた。

「奥方様に薬膳をお出ししてはいかがか、と考えていたのですが」

「奥に」

眉を動かす宗盛に、涼安は顔を向ける。

「はい。奥方様は暑がりではいらっしゃいませんか」

「ふむ、そうさな。冬でも布団から足を出して寝るほどだ」

「やはり。おそらく陽の気が強すぎるのです。そうしたお人は、いらだちが強く、怒りっぽくなりやすいのです」

「ほう、そうなのか」

「ええ、なので、足りない陰の気を補うことで、陰陽の塩梅をよくするのです」

「ふむ、そのようなことができるのか」

宗盛の問いに、涼安は頷く。

「生薬を用いればなおよいのですが、薬膳でもできます。いかがでしょう、昼の御膳でお出ししてみては」

　ふうむ、と宗盛は目顔で頷いた。

「そうさな……なれば、やってみよ。わたしの膳はかまわぬから、奥の薬膳を作るがよい」

「はっ」

　涼安は低頭した。

　隣の奥野は、驚きの目で覗き込んでいた。


　昼の台所で、浜田が大きな笊(ざる)を抱えて入って来た。

「ご注文の冬瓜とこんにゃく、茄子と蓮根、それと寒天と昆布です」

　笊を涼安に差し出しながら、首をかしげる。

「これまであまり使わなかった食材ですね」

「ええ、これは奥方様の御膳にするのです。どれも、身体を冷やす質(たち)の物です」

「奥方様の」浜田が顔を逸らす。

「大丈夫なのですか」

「うむ、お殿様からお許しを得ています」

頷く涼安に、いやあ、と浜田は後ろに下がる。

「なれば、わたしはお手伝いをせずにおきます」

周りにいた者らも、さっと下がった。皆、面持ちを硬くしている。

そうか、と涼安は腑に落ちた。もし、なにかが御勘気に触れたら、と恐れているのだな……。

涼安は包丁を握ると、まな板に向かった。

できた御膳は奥野が運んで行った。

涼安はじっと台所で待った。

ほどなくして、奥野が戻って来た。

首を横に振りながら、御膳を置く。器には、持っていったときのまま、料理が盛られていた。

え、と顔を上げる涼安に、奥野は首を縮めた。

「殿からです、と申し上げたら、いらぬ、と仰せでした。下げよ、とお菓子を召し上がっておられました」

なんと、と涼安は御膳を見つめた。ひときわ美しく盛り付けた料理は、どれ一つとして箸がつけられた形跡がない。

なぜ、と問いながら、涼安は料理を見つめる。

が、すぐに、そうか、と顔を歪めた。人を害する薬膳を作らせたゆえ、今度は自分が害される、と疑ったのだな……。

ふうっ、と息を吐いた。

その御膳に、皆が集まってくる。

浜田が小鉢を指さした。

「この美しいのはなんですか」

「小海老の寒天寄せです。寒天は身体を冷やすのです」

へえ、と皆が首を伸ばしてくる。

「これは冬瓜ですね」

「ええ、冬瓜も同じです。昆布の出汁で煮ました」

涼安は言いながら、皆を見渡した。

「皆さんで召し上がってください」

わっと声が上がる。

「いいのですか」

「おい、箸を持ってこい」

「小皿もだ、分けよう」

みながわいわいと、手を伸ばした。


夕餉の膳で、涼安は宗盛に手をついた。

「昼の薬膳は、奥方様に手をつけていただけませんでした」

隣の奥野が、御膳を戻されたいきさつを説明する。

「そうか」宗盛は面持ちを変えなかった。

「そうなるかとも思うていた。あれは素直ではないゆえ」

「すみません、浅慮でした」

涼安が頭を下げると、殿は首を振った。

「いや、膳を勧めることはできても、無理に食べさせることはできぬ。人は結句、己で決めたことをするのだ」

「はあ……」

ゆっくりと顔を上げた涼安に、殿は小さく笑って見せた。

「奥のことはもうあきらめておる。嫁して来た頃にはいろいろと教えようとしたが、素直に聞いた試しはない。あれはあれなりの道を生きていくのであろう。この先は、子をもう少し母から離していこうと思うている」

言い終わると、「涼安殿」と、声音を変えた。

「いろいろと世話になった」

いいえ、と涼安は顔を伏せる。

「力が及びませんで」

去り時、だな……。畳を見つめながら、涼安は胸中でつぶやいた。

六

朝の台所で、涼安は皆に囲まれた。

「真に、これで最後なのですか」

浜田の問いに、大きく頷く。

「はい、お殿様のお具合もよくなられたので、この朝の御膳が最後です」

涼安は言いながら、懐から包みを二つ取り出した。

「これは我が家の庭で育てた唐辛子と実山椒です。置いていきますので、使ってください」

受け取った浜田が、それを掲げると皆に示した。

「ありがとうございます」

並んだ男達も頭を下げるが、すぐに歪んだ顔を上げた。

「しかし、これでお別れとは、残念です」

「そうです、もっといろいろと教わりたかったのに……」

「いや、もっと早くから教えを請えばよかったのだ」

口々に、言い合う。

涼安はさらに懐から紙の束を取り出した。

「ここに薬膳のコツとお殿様の好まれた献立を少しだけ、書いておきました。参考にしてください」

「はい」

すぐに手が伸びてきて、両手で受け取られた。

涼安は皆を見渡して、礼をした。

「お世話になりました」

皆がしんとなる。

「とんでもない」

「こちらこそ」

深々と腰を折ってから、皆が動き出す。

「最後の薬膳、見せてください」

「お手伝いさせていただければ、なおうれしく……」

では、と涼安は包丁を手に取った。

皆が覗き込むなか、包丁の音を響かせた。

やがて、台所中によい香りが広がって、御膳が整った。

涼安はそれを手に、台所を出た。

皆が見送るなか、廊下を進み、殿の部屋へと入って行く。

これまでのように御膳を置き、涼安は脇へと控えた。

宗盛は置かれた御膳をしみじみと見ると、

「これで最後か」

と、つぶやいた。

ゆっくりと箸を取ると、汁椀の器を取り上げた。湯気に目を細めて、宗盛は涼安を見た。

「これからも、ずっと味噌汁を作らせることにしよう」

「はい、味噌は身体を温めますので」

涼安は台所で聞いたことを思い出していた。

〈殿の御膳には、上品な澄まし汁しかお出ししたことはありません〉

「うむ」殿は微笑む。

「風味もよい」

　ゆっくりと箸を進めていく。

　涼安は首を伸ばして、器を見た。漆塗(うるしぬ)りの飯椀には、白飯が少し盛られるのが常で、それはいつも途中でなくなっていた。

「あの、できますれば」涼安はおずおずと言う。

「ご飯はお替わりをなさるのがよろしいかと」

　ん、と宗盛は空になった飯椀を見た。

「なにゆえか」

「はい、ご飯が少ないと、お腹が空くのが早くなるのです。で、小腹が空きますと、菓子など甘い物がほしくなります。甘い物を控えるためには、ご飯をほどよく召し上がるのがよいのです」

「ほう、さようであったか」

宗盛は椀を取り上げると、斜め後ろ控えた小姓に差し出した。

「では、お替わりを」

はっ、年若い小姓は、ご飯を盛り付けた。

涼安は、ほっと肩の力を抜いた。

隣の奥野がささやく。

「もっと早くにおっしゃればようございましたのに」

ふ、と涼安は苦笑した。

「さすがに差し出がましいかと、迷っておりました」

まだまだ、貫禄不足だからな、と己の手に苦笑を向けた。

御膳を終えた宗盛が、音を立てて箸を置いた。

「よい味であった」

その顔を若い小姓に向ける。

小姓は「はっ」と頷いて、立ち上がった。

涼安の前まで来ると、小さな包みを置いた。

え、と涼安はそれを見つめた。二十五両を包んだ包金だ。

「これは……」

顔を上げる涼安に、宗盛が頷く。

「礼と褒美だ。鶴丸まで助けてもろうたからな、遠慮はいらぬ」

とまどう涼安に、奥野も横から頷いた。

「殿のお心ですから」

涼安は「はっ」と包みを手に取った。

「では、ありがたく頂戴いたします」

それを掲げると、深々と頭を下げた。

屋敷を出た涼安は、大川へと向かった。

永代橋を渡って、深川の寺町へと入る。

勝玄と剣を交わした山門をくぐって、奥へと行く。

鬼ノ倉玄斎らのいた離れの前に立ち、窓を覗き込んだ。中は人の気配もなく、物音もしない。

そこを離れ、涼安は読経の響く本堂へと足を向けた。しばらく待つと、中から僧侶が出て来た。

駆け寄りながら、涼安は声を上げた。

「お坊様」

立ち止まる僧侶に追いつくと、涼安は離れを指さした。

「あそこにいたお人らは出て行ったのですね」

「ええ、とうに。医者だというから貸したのに、境内で抜刀するなど、不届き千万……」

眉を寄せる僧侶に、涼安は向き合う。

「どこに移るか、聞いていらっしゃいませんか」

「いいえ、なにも」

僧侶は首を振ると、すたすたと歩き出した。

涼安は、山門へと向かいながら、空を見上げた。灰色の雲が広がっている。

その雲に、宋源の顔を思い浮かべつつ、涼安は山門を出た。

再び大川を渡って、涼安は神田の松田町へと入った。

青山の家の前で、懐に手を当てた。小判の包みがその中にある。

「先生」

涼安は返事を待たずに上がり込んだ。

廊下に、生薬の匂いが漂っている。

薬部屋か……。奥へと進むと、やはりそこに青山の姿があった。

薬研車（やげんぐるま）を回している。

「青山先生」

入って行った涼安に気づいて、青山は手を止めた。

「おう、来たか」

「はい」横に座って、涼安は姿勢を正す。

「大名屋敷は今日で終わりになりました」

「ほう、そうか。で、首尾はどうじゃったんじゃ」

「それがいろいろとありまして……」

涼安は屋敷での出来事を話す。

ほう、と聞いていた青山は、顎（あご）を撫（な）でた。

「なれば、上首尾と言ってよかろう。好（ハオ）じゃ」

師の笑顔に、涼安も面持ちを弛める。

「それで……」懐から小判の包みを取り出す。

「これをいただいたのです。なので、先生にもお礼をと思いまして」

涼安は小判の包みを破いた。

「待てっ」青山が手で制す。

「わしは金などいらん」

破られた包みから、黄金色の輝きが現れていた。

「いや、先生のご助言あってこそ、ですから」

涼安は紙の帯を切る。

「無用じゃ」青山は肩を怒らせた。

「弟子の働きから上前をはねるなど、そんなことができるかっ」

「いえ、上前などではなく、正当な報酬として……」

「しつこいぞっ」

青山が鼻を鳴らす。

「や、こればかりは……」

涼安は重なった小判を崩した。

「馬鹿もん……」言いかけて、青山は声を変えた。

「いや、待てよ……」

青山は膝の前にある薬研を見た。

「薬研をな、増やしたいと思うていたんじゃ。そうすれば、弟子らに薬研の使い方を教えることができる。手伝わせることもできるからの」

ああ、と涼安は手を打った。

「なれば、薬研を買いに行きましょう、これで」

小判を手に取る。

「ふむ、まあよいか」

師の問いに、大きく頷く。

「はい、よいかと」

涼安は小判を包み直すと、懐に戻した。

「では、善は急げ、で」

立ち上がる涼安に、青山も続く。

「せっかち者め」

言いつつも、笑顔で廊下を進む涼安と並んだ。

外に出ると、涼安は空を仰いだ。

広がっていた灰色の雲が切れて、青い空が見えていた。

「そうだ」と、涼安は青山に振り返る。

「せっかくだから、旨い物も食べましょう。鰻とか天ぷらとか、あ、もう戻り鰹も出始めてますよ。英気を養いましょう」

ふっと、青山は笑う。

「そなたは旨い物が食べたいだけであろう」

「いえ、養生です」

「ふむ、養生、か。なれば旨い酒もだな」

「はい」腕を振って、涼安は歩き出す。

「鯛の刺身もいいですね、それと鮑に海老……」

笑顔の涼安に、青山も同じ顔になって並ぶ。

「わしは玉子料理がよいのう」

「では、料理茶屋に上がりましょう」

「ほう、それは豪勢なことじゃ」

「はい、せっかくのご褒美です」

涼安は腕を振り上げる。

足取りを軽くして、二人は賑やかな通りへと入って行った。

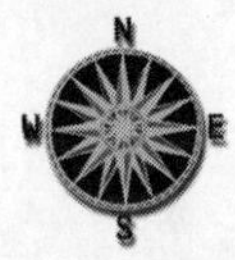

コスミック・時代文庫

剣士の薬膳
世嗣暗殺

2024年4月25日　初版発行

【著 者】
氷月 葵

【発行者】
佐藤広野

【発 行】
株式会社コスミック出版
〒154-0002 東京都世田谷区下馬 6-15-4
代表　TEL.03(5432)7081
営業　TEL.03(5432)7084
FAX.03(5432)7088
編集　TEL.03(5432)7086
FAX.03(5432)7090

【ホームページ】
https://www.cosmicpub.com/

【振替口座】
00110-8-611382

【印刷／製本】
中央精版印刷株式会社

ISBN978-4-7747-6550-1 C0193